저스트
키딩

저스트 키딩

정용준 짧은 소설

이영리 그림

마음산책

정용준

2009년 〈현대문학〉에 단편소설 「굿나잇, 오블로」가 당선되며 작품 활동을 시작했다. 지은 책으로 소설집 『가나』 『우리는 혈육이 아니냐』 『선릉 산책』, 장편소설 『바벨』 『프롬 토니오』 『내가 말하고 있잖아』, 중편소설 『유령』 『세계의 호수』, 산문집 『소설 만세』, 동화 『아빠는 일곱 살 때 안 힘들었어요?』 등이 있다. 황순원문학상, 한무숙문학상, 문학동네 젊은작가상, 문지문학상 등을 수상했다.
서울예술대학교 문예창작학과 교수로 재직 중이다.

저스트 키딩

1판 1쇄 인쇄 2023년 7월 20일
1판 1쇄 발행 2023년 7월 25일

지은이 | 정용준
그린이 | 이영리
펴낸이 | 정은숙
펴낸곳 | 마음산책

편집 | 성혜현 · 박선우 · 김수경 · 나한비 · 이동근
디자인 | 최정윤 · 오세라 · 한우리
마케팅 | 권혁준 · 권지원 · 김은비
경영지원 | 박지혜

등록 | 2000년 7월 28일(제2000-000237호)
주소 | (우 04043) 서울시 마포구 잔다리로3안길 20
전화 | 대표 362-1452 편집 362-1451   팩스 | 362-1455
홈페이지 | www.maumsan.com
블로그 | blog.naver.com/maumsanchaek
트위터 | twitter.com/maumsanchaek
페이스북 | facebook.com/maumsan
인스타그램 | instagram.com/maumsanchaek
전자우편 | maum@maumsan.com

ISBN 978-89-6090-827-7 03810

* 책값은 뒤표지에 있습니다.

"끝없는 고통으로 이어진 현실.

끝없는 행복으로 가득한 꿈.

둘 중 하나를 선택하라면 당신은 무엇을 선택하겠소?"

여름밤이다. 창문으로 바깥을 보면 바깥은 안 보이고 내 얼굴이 반사된다. 불을 다 끄고 방이 완전한 밤으로 물들면 창문은 창이 되어 저 바깥을 보여준다. 나무도, 풀도, 돌도, 가끔 집 근처까지 내려와 눈 마주쳐주는 산짐승도, 수심 깊은 길고양이도, 잠 없는 새도, 투명한 그림자가 되어 바람에 흔들린다. 출렁이는 파도처럼. 파르르 떠는 깃발처럼. 꿈인가 싶어 창문을 열었는데 열리지 않았다. 열릴 리 없지 그건 거울이었으니까. 거울을 보다가 잠든 사람은 꿈을 꾸는 게 아니라 꿈이 된다는 동화를 읽은 인물이 등장하는 이야기를 노트에 메모했는데 그 노트가 어디에 있는지 찾을 수 없다. 그래서 울적한 나는 어느새 노인이 되었네.

그러니까 소설들은 죄다 이런 식으로 시작되어 저런 식으로 끝이 났다.

낙서에서 이야기로. 일기에서 편지로. 고백에서 함성으로. 그림에서 문장으로. 산책에서 여행으로. 비명에서 음악으로. 혼잣말에서 귓속말로. 새벽에서 아침으로. 끝에서 시작으로.

깊은 구멍에 빠진 인물. 그림자가 너무 긴 문장. 까맣게 타버린 장면. 처음과 나중을 잃어버린 이야기. 어떤 소설은 고민 끝에 뺐고, 어떤 소설은 장면과 내용을 교체했고, 어떤 소설은 인물의 이름과 목소리가 달라졌고, 어떤 소설은 단어 두 개를 놓고 고민했고, 어떤 소설은 작가의 마음을 바꿨고, 어떤 소설은 어느 밤 공원을 걷다가 돌아와 다시 썼다. 그렇게 조금씩 달라진 것들이 더 좋아졌다고 자신할 수 있습니까? 라고 누군가 물었을 때 소설에게 물어보세요, 라고 답할 수 있는 여유와 유머가 내게도 생겼으면.

소설小說은 작은 이야기다. 그 말이 좋고, 뜻은 더 좋고, 글자의 모양과 생김새는 더 더 더 좋다. 내게도 '짧고 작은 이야기책'이 생겼다. 앞으로 기분이 좋을 예정이다. 가끔, 문득, 불쑥, 자주, 행복할 것이다. 뿌듯한 마음으로 스페이스바를 누르고 경쾌하게 엔터키를 누를 것이다. 어쩔 수 없이 백스페이스키를 눌러야 하는 순간이 오더라도 두려워하지 않는 글쓴이가 되고 싶다. 이제 더는 소설이 좋다느니 소설을 계속 쓰겠다느니 같은 다짐과 결심은 하지 않을 테다. 다짐 없이도 살고 결심하지 않고도 쓰는 이 삶이 내게 읽을 것과 쓸 것을 계속 줄 것을 알고 있으니까.

글을 깊이 들여다보고 좋은 의견과 쓸 수 있는 용기를 준 김수경 편집자님, 소설에 어울리는 아름다운 그림을 그려주신 이영리 작가님, 이 책을 근사하게 만들어주신 마음산책 출판사, 읽어주실 아마도 멋진 독자님들, 마음 다해 감사합니다. 읽고 쓰는 이 삶의 다정한 친구가 되어 함께 언어로 짓고 놀고 살았으면, 그랬으면 좋겠습니다.

2023년 여름

정용준

차례

"이렇게 아름다운 세계가 꿈이라면
깨지 않는 것도 괜찮겠는데요."

돌멩이

세신사 신 씨는 문을 열고 탕 내로 들어섰다. 고요하다. 텅 빈 목욕탕. 깨끗한 온수가 가득 찬 탕에서 희미하게 김이 피어오르고 있었다. 물기 없는 단단한 타일에서 전해지는 온기가 발바닥에 느껴질 때 신 씨는 미량의 염소가 섞인 물 냄새를 음미하며 심호흡을 했다. 폐가 크게 부풀어올라 갈비뼈를 빡빡하게 밀어냈다. 호흡을 멈췄다. 눈을 감고 속으로 10초를 센 뒤 후우, 길게 숨을 내쉬었다. 짝짝. 손뼉을 두 번 친 뒤 허공을 향해 말했다.

"오케이, 오케이."

티브이 전원을 켜고 채널을 뉴스에 맞춘 뒤 볼륨을 크게 키웠다. 면봉 상태를 살피고 마른 수건으로 화장대 거울을 꼼꼼하게 닦아냈다. 화장지를 채워 넣고 휴지통이 비어 있는지 한 번 더 확인했다. 통통한 치약 두 개를 꺼내 입구 근처 세면대에 올려뒀다. 중절모를 쓴 할아버지가 오른쪽 다리를 바닥에 끌며 들어왔고 뒤이어 위아래로 까만 트레이닝복을 입은 청년이 통화를 하며 탈의실로 향했다. 새벽기도를 마치고 온 김 집사와 서 장로는 온탕에 들어가 눈을 감았고 서로를 꼭 닮은 늙은 남자와 더 늙은 남자는 한마디 말도 없이 서로의 등을 밀었다.

"어이 신 씨."

바닥에 떨어진 칫솔과 타월을 줍던 신 씨는 하던 일을 정리하고 침대로 걸어갔다. 오른쪽이 마비된 노인을 능숙하게 안아 침대 위로 올렸다. 수건을 알맞게 접고 장타월로 꼼꼼하게 두른 뒤 손바닥에 끼웠다. 따뜻한 물 한 바가지를 벌거벗은 몸 위로 부드럽게 끼얹었다. 노인 입에서 으으, 소리가 절로 났다.

손님이 없는 한가한 수요일 오전 11시, 신 씨가 좋아하는 시간이다. 채널을 돌려 동물을 보며 고구마와 삶은 계란을 먹었다. 아프리카의 벌판을 힘차게 뛰어다니는 가젤이나 높은 나무의 잎사귀를 뜯는 키 큰 기린을 보면 왜인지는 모르지만 기분이 좋았다. 푸시업 20개. 스쾃 20개. 3세트를 한 뒤 1분 동안 전력으로 제자리달리기를 했다. 호흡이 거칠어지고 몸에 열기가 올랐다. 신 씨는 숨을 빠르게 내쉬며 창문을 열었다. 12월의 차가운 공기와 몸에서 나는 열기가 만나 안경이 뿌옇게 흐려졌다. 신 씨는 안경을 벗어 티셔츠로 렌즈를 닦았다. 서로 다른 방향에서 날아온 비행기가 서로를 스쳐 지나간 자리. 창백한 하늘에 X 자 모양의 비행운이 남았다.

한 소년이 커다란 가방을 왼쪽 어깨에 걸치고 탈의실에 들어섰다. 누군가 발로 밟아 한쪽이 찌그러진 알루미늄깡통처럼 소년은 왼쪽으로 기운 모습 그대로 느리게 걸었다. 헝클어진 머리는 지저분했고 흙밭에서 뒹군 듯 옷과 가방에는 흙과 진흙이 묻어 있었다. 배터리가 다 된 장난감처럼 소년의 팔다리가 삐걱거렸다. 수요일 오전 11시 20분에 목욕탕에 온 학생이라. 신 씨는 신경이 쓰였다.

소년은 온탕에 걸터앉아 복숭아뼈까지만 잠기게 발을 물에 집어넣고 웅크려 있었다. 피부 밑의 뼈가 드러나 보일 정도로 말랐고 또래에 비해 키도 한 뼘쯤 작아 보였다. 열다섯? 많이 잡으면 열일곱? 딱히 정리할 것도 없는데 신 씨는 탕 내를 돌며 비누 상태를 확인했고 의자의 위치를 바꿨다. 소년의 몸엔 색깔이 다른 멍이 퍼져 있었다. 등에는 희미한 반점처럼 옅은 보랏빛 멍이, 왼쪽 팔과 갈비뼈엔 진한 연필로 그려 넣은 것 같은 푸른빛의 멍이 선명히 남아 있었다. 수그리고 있어 얼굴을 확인할 수 없었지만 손등과 턱 주위엔 피부가 찢겨 생긴 상처와 피가 굳은 딱지가 보였다. 소년은 바위처럼 그 모습 그대로 앉아만 있었다. 눈은 뜨고 있었지만, 시선은 보글거리며 올라오는 물거품을 향했지만, 눈동자엔 아무것도 맺혀 있지 않았다. 신 씨는 탈의실 평상에 앉아 반쯤 남은 고구마를 먹기 시작했다. 웅덩이에 동물들이 모여 서로를 경계하며 물을 마시고 있었다. 사자도 있었고 하이에나도 있었고 코끼리도 있었고 입을 벌린 악어도 있었다. 평화로워 보였지만 신 씨는 긴장됐다. 한 번의 움직임만으로 어떤 동물은 목덜미를 물릴 것이다. 기도가 막히면 숨을 쉴 수 없고 식도가 막히면 물을 삼킬 수 없고 혈관이 눌리면 피가 돌지 않겠지. 어? 신 씨의 시야를 가리며 느닷없이 한 장면이 끼어들었다. 몇 장인지 일일이 셀 수도 없을 만큼 많은 창문이 깨져 있는 풍경. 산산이 부서진 유리 조각으로 가득한 복도. 조심스럽게 걸어도 발밑에서 더 작게 부서지는 유리 조각들. 복도 끝에 서 있는 한 사람. 신 씨는 고개를 빠르게 흔들었다. 칠판에 적힌 글씨를 지우개로 닦아내는 것처럼. 그렇게 하면 기억이 지워지기라도 할 것처럼. 왜 갑자기 그 생각이 나는 걸까. 신 씨는 들고 있던 고구마 한 조각을 접시에 내려놓고 물을 마셨다.

소년은 20분째 그렇게 앉아 있었다. 신 씨는 소년의 어깨를 손가락으로 톡톡 두드렸다. 소년이 고개를 돌렸다. 실핏줄이 터져 오른쪽 눈에 핏물이 맺혀 있었다. 신 씨는 바가지에 온수를 반쯤 담아 소년의 등에 끼얹었다. 놀란 소년은 자리에서 일어났다. 신 씨는 소년의 팔목을 잡고 침대 쪽으로 이끌었다. 소년은 꼼짝하지 않았다. 경계심을 품고 신 씨를 노려보기만 했다. 무섭게 쳐다보는 눈동자일 텐데 어째서인지 힘도 없고 빛도 없었다. 약한 애가 기를 쓰니까 짠했다. 신 씨는 한 번 더 바가지에 물을 담아 소년의 몸에 끼얹었다. 이번에는 소년이 아! 소리를 내며 인상을 찌푸렸다. 신 씨는 세신 가격표를 손가락으로 가리켰다.

"그냥 해줄게."

"……."

"괜찮아."

신 씨는 아이의 어깨에 팔을 두르며 달래는 목소리로 말했다.

"괜찮다고."

침대에 누운 소년은 사로잡힌 강아지 같았다. 두려워서인지 몸을 보이는 게 부끄러운 것인지 모로 누워 자꾸 웅크리려고만 했다. 신 씨는 따뜻한 물을 가득 담아 소년의 몸에 끼얹었디. 물이 닿는 순간 깜짝 놀랐지만 막상 따뜻한 물이 몸에 닿자 소년은 기분이 조금 나아지는 걸 느꼈다. 굳었던 몸과 묶여 있던 마음도 아주 조금은 풀리는 것 같았다. 신 씨는 수건으로 소년의 배꼽과 사타구니를 덮어줬다.

"돈 주고 때 밀어본 적 한 번도 없지?"

소년은 고개를 돌리고 가만히 있었다. 신 씨는 알았다. 이 애가 지금 여기에 누워 있는 건 내 말에 설득돼서가 아니라 거절이라는 것을 할 수 없어서라는 것을. 이 애는 평생 무엇인가를 거부해본 적이 없었을 것이다. 누군가 자신에게 주는 것은 그것이 무엇이든 받았고, 받아야 했고, 받아내야 했겠지. 신 씨는 가장 부드러운 타월을 골라 평소보다 섬세하고 예민하게 힘 조절을 했다. 팔을 잡고 타월로 감싼 뒤 길게 쭉 밀어냈다. 그리고 반박자씩 조금씩 잘게 나눠 툭, 툭, 앞으로 밀었다. 당길 때는 힘을 빼고 부드럽게 타월을 거둬들였다. 소년은 처음엔 그것이 통증인 줄 알았다. 따가웠고 아팠다. 그런데 점점 시원함이 느껴졌다. 피부가 아픈 게 아니라 피부 밑에 든 멍이 아픈 것이었다. 신 씨는 얼음을 녹이듯 집중적으로 그 부분에 미세하게 압력을 가해 뭉친 근육을 풀어냈다. 신 씨는 한마디도 하지 않고 고도의 집중력으로 팔 하나를 끝냈고 반대편으로 넘어가 다른 팔을 밀었다. 목과 옆구리를 공략할 때는 타월을 고쳐 쥐었다. 손가락 두 개의 힘을 조절해 붓으로 털어내듯 툭툭 밀어냈다. 누군가 소년의 몸을 이런 식으로 만져준 것은 처음이었다. 이게 어떤 기분인지 비교할 경험조차 없었다. 잠들 때도 이렇게 팔다리를 편하게 늘어뜨린 적이 없었는데 지금 이 순간 소년은 완전히 방심한 마음으로 처음 만난 남자에게 온몸을 맡겼다. 신 씨는 소년의 헝클어진 머리에 조심스럽게 물을 끼얹고 시원한 멘톨 샴푸를 손바닥에 덜어 천천히 마사지하듯 거품을 만들었다. 으으. 소년의 입에서 스스로도 의식하지 못한 묘한 소리가 흘러나왔다. 누군가 환한 꿈속으로 억지로 밀어 넣은 듯 소년은 깬 채로 좋은 꿈을 꿨다. 좋았는데, 이상하게 자꾸 눈물이 흐르려고 했다. 꿀꺽꿀꺽 마른침을 삼키듯 눈물을 삼켰다. 신 씨는 멘소래담을 듬뿍 짜내 소년의 몸 곳곳에 뚝뚝 떨어뜨렸다. 등과 팔은 손바닥으로, 옆구리와 목덜미는 손가락으로 문질렀다. 소년은 재채기가 나오려는 것을 계속 참았다. 따갑기도 하고 아프기도 하고 간지럽기도 했다. 옆구리를 만질 때는 쿡쿡 웃기도 했다. 모든 과정을 마치고 따뜻한 물을 소년에게 세 번 끼얹었다. 신 씨는 자신이 할 수 있는 것을 모두 했다. 하루에도 몇 번씩 십수 년을 해온 일이지만 이 순간만큼은 항상 기분이 좋았다. 어두운 얼굴 굳은 몸으로 침대에 누웠던 사람이 밝은 얼굴 부드러운 몸으로 일어서는 마법 같은 시간. 20분.

"삼만 원."

소년은 눈을 동그랗게 뜨고 신 씨를 바라봤다. 신 씨는 가격표를 손가락으로 가리켰다.

"세신은 만오천 원인데 그냥 해줬고 마사지는 받아야지."

"……돈 없어요."

신 씨는 무표정한 얼굴로 소년을 바라봤다. 소년은 신 씨의 눈을 마주 보지 못하고 고개를 떨궜다.

"그러면 어떻게 할래."

"어떻게…… 해야 해요?"

"시키는 대로 할래?"

소년은 목욕탕을 나와 무작정 걷다가 놀이터에 들어갔다. 노인 두 명이 시소를 타고 있을 뿐 아이들은 보이지 않았다. 소년은 그네에 앉았다. 앞으로 뒤로 흔들리며 방금 때밀이 아저씨가 한 말을 생각했다. 그게 무슨 개소리인가 싶었다. '뭐야. 씨발. 정신병자인가?' 소년은 못된 친구를 따라 하듯 혼자 욕을 섞어가며 중얼거렸다. 그네는 멈췄고 하늘은 푸르렀다. 몸과 마음이 편안했다. 자꾸 기분이 좋아지려고 했다. 인정하고 싶진 않지만 때밀이 아저씨가 몸을 만져줄 때 정말 좋았다. 지금도 눈만 감으면 몸 곳곳에서

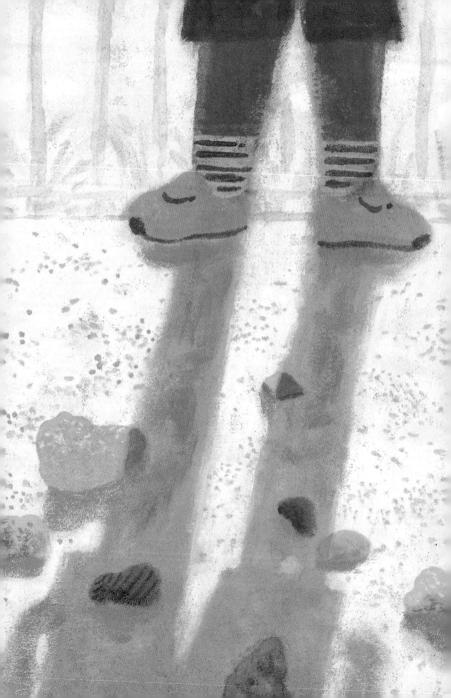

그 손길이 느껴지는 듯했다. 까치 한 마리가 철봉에 앉아 자신을 바라보고 있었다. 뭘 봐? 뭘 보냐고? 까치는 놀라지도 않았고 도망가지도 않았다. 때밀이 아저씨의 마지막 말이 자꾸 입술에 맴돌았다.

'마지막이 중요해. 들고만 있어야 해. 절대로 그걸로 내리치면 안 돼. 알았니?'

소년은 주변을 서성이며 적당한 돌멩이 다섯 개를 찾았다. 가방을 열었고 돌을 집어넣었다.

전화를 받고 학교로 찾아간 신 씨는 아들이 한 일에 큰 충격을 받았다. 순하고 착했던 아들. 어쩌다 친구들과 다퉈도 항상 먼저 물러서는 아들. 못된 친구가 때려도 워낙 착해서 그냥 웃고 넘겼던 아들. 그 아들이 한 짓이라고는 도저히 믿을 수 없었던 것이다. 아들이 눈을 뜰 수 없을 정도로 맞고 왔을 때 사내새끼들이란 다 그렇게 크는 거지, 라고 생각했다. 학교 가기 싫다는 애 어깨에 억지로 가방을 걸치고 등을 떠밀었다. 이런 일도 이겨내지 못하면 앞으로 이 힘든 세상을 어떻게 이겨낼 수 있겠냐고 호통도 쳤다. 아들은 무슨 말을 하고 싶은 듯 한참 신 씨의 눈을 바라보더니 입술을 꾹 다물고 순순히 학교에 갔다. 순순히 간 줄 알았는데 아니었다. 그날 아들은 신발장에 책을 모두 쏟아놓고 가방에 돌멩이를 잔뜩 집어넣었다고 했다. 1교시가 끝나자마자 주먹만 한 돌멩이를 하나씩 던져 유리창을 박살 냈다. 그리고 가장 큰 돌멩이를 들어 자신을 괴롭히던 친구에게 다가갔다. 친구는 미안하다고 빌었다고 했다. 잘못했다고 사과했다고 했다. 하지만 아들은 그 사과를 받아들이지 않았다. 유리창을 깨듯 친구의 머리를 깼다.

신 씨는 자신이 한 일을 후회했다. 아침에 아들에게 그렇게 말하지 않았다면, 어쩌면 아들은 돌멩이를 던지지 않았을지도 모른다. 하지만 내가 뭘 할 수 있었을까. 생각하면 할수록 무력해졌다. 그때가 아니었으면 다음이라도 아들은 그렇게 했을 것이다. 돌멩이를 던져야 할 문제는 여전했을 것이고 아버지인 나는 그 문제를 해결해주지 못했을 테니까. 그땐 그걸 모르고 혼내기만 했다. 왜 마음을 다스리지 못하느냐, 내가 언제 그렇게 가르쳤느냐, 화를 냈다. 아들은 물었다. 뭘 가르쳐줬나요. 신 씨는 대답 대신 아들의 머리를 때렸다. 학교에서 상담을 하고 경찰서에서 진술을 했다. 아들은 자신이 왜 그럴 수밖에 없었는지를 설명하다가 옷을 벗었다. 그 장면을 잊을 수 없다. 잊을 수만 있다면 맹장처럼 잘라낼 수만 있다면 배를 가르고 머리를 갈라 이 기억을 없앴을 것이다. 멍으로 가득한 울긋불긋한 몸. 그동안 셀 수도 없을 만큼 많은 이의 몸을 구석구석 보고 살았는데 정작 아들의 몸을 보지 않았다. 신 씨는 태어나서 처음으로 죽고 싶다는 생각을 했다. 이런 감정을 겪느니 차라리 죽는 것이 좋겠다 싶었던 것이다. 신 씨는 그날 이후로 아들을 더 좋아하게 됐다. 이렇게 용감했다니. 이렇게 터프한 녀석이었다니. 신 씨는 이 사건 이후로 많은 것을 잃었다. 아들은 다른 학교로 전학을 가야 했고 신 씨 역시 오랫동안 근무했던 목욕탕을 옮겨야 했다. 아들이

한 일을 무마하고 책임지기 위해 나중에 집을 장만하려고 모아뒀던 적금도 헐었다. 하지만 하나도 아깝지 않았다. 아들이 머리를 박살 낸 녀석의 어머니 통장에 돈을 송금했을 때 기분이 징말 좋았다. '이러려고 그동안 그렇게 열심히 때를 밀었구나' 생각했다가 '이러려고 내가 열심히 때를 미는 거지' 고쳐서 생각했다.

　며칠이 지났고 소년이 돌아왔다. 소년은 주머니에서 만 원을 꺼내 신 씨에게 건넸다. 꼿꼿하게 서서 자신을 바라보는 소년에게 무슨 일이 있었는지 신 씨는 전혀 가늠이 되지 않았다.

　"이게 뭐니?"

　"마사지값이요."

　"왜 만 원이야? 삼만 원인데."

　"아저씨가 시키는 거 했어요. 그런데 시키는 대로 하지는 못해서."

　신 씨는 무슨 말인지 모르겠다는 듯 소년을 봤다.

"돌멩이 다섯 개 들고 갔어요. 유리창 다 깨고 큰 돌로 그 새끼 겁주려고 했거든요."

"그런데."

"유리창 두 개 깼더니 그 새끼랑 다른 새끼들이 쫄아가 지고 다 도망가고 선생님이 하지 말라고 해서 관뒀어요."

"그래서?"

"그래서 뭐요."

"그 새끼들은."

소년의 표정이 거만하게 변했다.

"그 새끼들은 뭐 그 후로 완전히 쫄아가지고. 제 근처에 도 못 와요. 머리 터질까 봐."

소년은 터지는 웃음을 막으려고 손으로 입을 막았다. 신 씨는 만 원을 호주머니에 집어넣었다.

"오케이, 오케이. 그 정도면 됐다. 그 정도면 됐어."

"아저씨."

"왜."

"때 미는 건 오늘도 공짜예요?"

"왜. 밀게?"

"네."

"탕에 들어가 있어. 몸 충분히 불리고. 오늘만이다."

소년은 꾸벅 인사를 하고 탈의실로 들어가려다 걸음을 멈추고 뒤를 돌아봤다.

"그런데 아저씨, 혹시 뭐 그런 거세요?"

"뭐."

"깡패나 조직폭력배 같은 그런 거."

"아니."

"그럼 뭐예요."

"세신사. 씻을 세洗. 몸 신身. 몸을 깨끗하게 만들어주는 사람."

"아…… 알았어요."

소년은 옷을 다 벗고 어깨를 쫙 펴고 목욕탕으로 들어갔다. 얻어터져서 온몸은 울긋불긋하고 멸치같이 쪼그마한 녀석이 어깨에 힘주고 들어가는 것을 본 신 씨는 어이가 없어 웃고 말았다. 왜 저렇게 얻어맞고 다녔는지 이해할 것도 같았고 앞으로 헤쳐나가야 할 험난한 날들에 뭔가 짠하기도 했다. 세신사 신 씨는 정리하던 수건을 마저 정리하고 가볍게 두 번 손뼉을 친 뒤 목욕탕으로 들어갔다.

너무 아름다운 날

P는 세상 근심을 모두 짊어진 사람처럼 보였다. 하얀 파도가 높게 이는 7월의 고포 바다. 해변이 보이는 카페에선 사람들이 모여 즐거운 오후를 만끽하고 있었다. 바람이 부는 방향으로 고개를 돌려 바람을 느끼는 소년. 기타를 치며 노래를 부르는 포니테일 남자. 쿵짝짝 쿵짝 리듬에 맞춰 왈츠를 추는 연인. 세 마리 개와 뒤엉켜 잔디밭을 뒹구는 선글라스 남자. 그 모습을 수채화에 담는 붉은 모자의 여자. 평온한 얼굴로 옛날 소설을 읽는 할머니와 맥주 거품을 수염에 묻히며 호탕하게 웃는 할아버지까지. 그들은 각기 다른 모습이었지만 하나같이 행복해 보였다. J가 P를

눈여겨본 건 P가 먼저 J를 알아봤기 때문이다. J가 카페에 들어갔을 때 구석에 앉아 있던 P는 벌떡 일어났다. 의자가 바닥에 거칠게 밀리며 끼익, 소리가 났고 사람들의 시선이 순간적으로 P에게, 이윽고 그가 보고 있는 J에게, 향했다. P는 떨리는 눈으로 J를 위아래로 훑어본 뒤 물었다.

"혹시 나를 알지 않소?"

당혹스러웠으나 놀라지 않았다. P는 위협적인 사람이 아니었다. 반대였다. 금방이라도 쓰러질 것처럼 약해 보였나. J는 말없이 고개를 저었다. P는 실망한 표정을 지으며 사람을 잘못 봤습니다, 라고 중얼거리면서도 J의 얼굴을 응시했다. 확신에 찬 눈동자가 흔들리며 안개가 끼는 게 느껴졌다. P는 고개를 푹 숙이고 어깨를 늘어뜨리며 자리로 돌아갔다. 계절과 날씨에 어울리지 않는 두꺼운 옷에 창백한 얼굴. 턱을 괸 우울한 남자는 카페에 사람이 들어올 때마다 입구를 쳐다봤고 누군가 지나가면 모습이 시야에서 사라질 때까지 눈을 떼지 못했다. 필사적으로 누군가를 찾고 있는 것 같았지만 어떻게 보면 누군가에게 발견되는 게 두려워 눈치를 살피는 것 같았다.

　J는 한 손엔 맥주, 다른 손으론 나초가 담긴 접시를 들고 P에게 다가갔다. 그는 경계하는 눈으로 흘깃 불청객을 보고 두 손으로 물잔을 움켜쥐었다.

　"선생님. 기다리는 분이 있으신가요."

　"저리 가시오. 나는 이제 속지 않소. 허깨비 같은 것들."

　"무슨 말이신지."

　"내가 모를 것 같나요? 저기 컵을 닦고 있는 주인은 학교 다닐 때 친구. 춤추고 있는 사람은 우울증에 시달렸던 이모. 벤치에 앉은 사람은 오래전에 죽은 내 아버지지. 여기에 있는 사람들 다 내가 아는 사람들입니다. 엉성한 대본을 받고 무대에 올라 연기를 하고 있지만 난 알아요. 이 사람들 한 번에 세 마디 이상 말하는 걸 본 적이 없어요. 모두 친절해 보이지만 정작 나에 대해 아는 것도 없고 관심도 없죠. 내 행동에 단순하고 긍정적으로 반응하는 역할을 맡은 어설픈 배우일 뿐이니까."

"선생님. 제게 선생님을 알지 않느냐, 물으셨죠. 우리는 어떻게 아는 사이인지요."

"누군가를 찾고 있는데 댁이 그 사람인 줄 알았소. 헷갈린 거지. 하지만 당신. 분명히 과거에 어떤 식으로든 만났을 거야. 정확하게 기억은 안 나지만……. 여기는 내 꿈속이니까 내 기억에 없는 건 존재할 수 없거든."

P는 반쯤 남은 물을 단숨에 들이켜고 길게 숨을 내쉬며 중얼거렸다. 만나야 해. 그자를 만나서 계약서를 찢어야 해.

"선생님. 저는 이미 세 마디 이상 이야기하고 있어요. 저도 마침 누군가를 기다리고 있는데요. 만날 사람 기다리며 대화를 나눠보는 건 어떨까요?"

P는 눈을 질끈 감고 팔짱을 낀 채 한참 생각에 잠겼다가 실눈을 뜨고 하늘을 바라봤다. 쨍하게 펼쳐진 파란 배경에 입체적인 뭉게구름이 한 폭의 그림처럼 아름다웠다. 시선을 떨군 그는 물잔에 말하듯 중얼거렸다.

"나는 이제 꿈에서 깨고 싶소. 이런 휴가 같은 날들. 지겹고 괴로워요."

P는 챙이 넓은 잿빛 모자를 눌러쓰고 빛이 넘실대는 테라스로 자리를 옮겼다. 해변과 해안 절벽, 하염없이 고요한 수평선이 한눈에 들어왔다. 그는 외따로 선 높은 절벽을 손으로 가리키며 말했다.

"원래는 저기. 도서관이 있어요. 지금은 꿈이라서 없지만."

도서관이 있어야 한다는 자리는 황량했다. 바위들과 멋대로 자란 앙상한 나무들이 바람에 흔들리고 있었다. P의 눈은 절벽이 아닌 더 먼 곳, 더 먼 시간을 향해 있는 듯 보였다.

"그때의 내겐 잠이 필요했어요. 잠들 수 있는 마음의 평화도 필요했고요. 하지만 현실은 끔찍했지. 그야말로 엉망진창. 다 잃었고, 다 무너졌어. 삶을 짜내고 짜내도 한 방울의 희망도 흘러나오지 않는 완전히 망한 삶. 그게 내 삶이었으니까. 내일도 모레도 그다음 날도 절망뿐이라면 굳이 살아야 할 이유가 있을까? 그런 생각만 하다가 마지막이라는 심정으로 여기 고포에 온 겁니다. 이곳은 어이없을 정도로 아름답더군요. 소박하지만 아름다운 해변. 먼 곳에서 온 배들과 뱃사람으로 활력이 넘치는 항구. 먹고 마시는 이들로 가득한 카페는 근사했죠. 찬란한 빛 속에 앉아 웃고 떠들며 노래를 부르는 사람들을 보고 있자니 눈물이 흐르더군요. 그들이 느끼는 자유와 행복이 나와 무관하다는 것에서 오는 체념과 고립감. 처음에는 억울하다는 감정으로 몸에 열이 올랐는데 이내 차갑고 차분한 포기로 이어지더군요. 그때 그 사람이 손수건을 건네며 다가왔어요. '왜 울고 있나요?' 말을 걸면서."

P는 아련한 눈으로 허공을 바라보며 음성과 표정을 드라마틱하게 바꿔가면서 이야기를 들려줬다.

"처음엔 사기꾼인 줄 알았어요. 턱시도를 입고 위아래 잔뜩 꾸민 모습으로 '피곤해 보이시네요' '잠은 좀 주무십니까' '행복해지고 싶나요' 말을 붙이는 그가 성가셨죠. 나는 나아지고 싶지 않았거든요. 행복이라니, 그런 단어는 버린 지 오래였습니다. 하지만 그는 의자를 당겨 가까이 다가와 집요하게 속삭이더군요. '나는 당신의 얼굴을 잘 알고 있어요. 얼마 전까지 거울 속 내 얼굴이었으니까요. 하지만 지금 내 얼굴을 봐요. 환하지 않나요? 여기 있는 사람들 모두 즐거워 보이죠? 처음부터 그랬던 건 아니랍니다. 비밀은 도서관에 있어요. 사서를 만나 이야기를 추천해달라고 하세요. 그 이야기가 당신을 바꿀 겁니다.' 활짝 웃고 있는 턱시도의 얼굴. 사람 표정이 저렇게 밝을 수 있나, 믿을 수가 없었죠."

도서관, 이라고 말하고 P는 입을 다물었다. J는 그의 깊은 눈동자 속에 수많은 장면이 잠겨 있다는 것을 알았다.

절벽 위 커다란 범선 모양의 도서관. 먼 옛날 그 자리엔 등대가 있었다. 평생 수평선과 하늘만 바라보던 등대지기. 그는 외로운 마음을 달래려 이야기를 쓰기 시작했다. 한 권 두 권. 일 년 이 년. 등대지기가 등대에서 내려왔을 땐 책이 너무 많아 어쩔 수 없이 그 자리에 책을 보관할 도서관을 만들 수밖에 없었다고. 도서관의 전설을 심드렁하게 들으며 문을 열고 안으로 들어간 P는 놀랐다. 밖에서 봤

을 때는 아담해 보였던 내부가 넓었던 것이다. 특히 천장이 높았는데 천장에 닿은 책을 보기 위해서는 고개를 꺾어야 했다. 마호가니로 만든 천장 높이의 책장은 몇 단으로 이루어져 있는지 셀 수 없을 정도였다. 먼지 하나 떨어져 있지 않은 책장은 수십 개의 구획으로 나뉘어 있었고 천장까지 닿는 사다리가 책장 사이에 놓여 있었다. 책들은 종류별 크기별로 분류되어 가지런히 꽂혀 있었고 희귀한 고서적들은 유리창이 달린 책장에 보관되어 있었다. P는 본능적으로 깊게 호흡했다. 펄프 냄새와 오래된 책에서 나는 특유의 곰팡이 냄새가 가슴을 적시는 기분. 사서는 사다리 맨 위에 서서 책을 꺼내고 있었다. 손을 흔드는 턱시도를 발견하고는 느리고 꾸준하게 한 발 한 발 아래로 내려왔다. 그는 두껍고 뿌연 안경을 코끝에 걸치고 구부정한 몸을 느리게 움직여 책이 담긴 수레를 끌며 다가왔다.

사서와 마주 앉은 P는 놀라운 경험을 하게 된다. 사서가 마치 고해성사를 들어주는 신부처럼 느껴졌던 것이다. 도대체 왜 이런 말을 하고 있는지, 할 수 있는 건지 스스로도 의아할 정도였다. 턱시도가 '괜찮아요' '다 말씀하세요'라고 부추겼기 때문일까? 그동안 누구에게라도 쏟아놓아야 할 정도로 말이 쌓여 있던 걸까? 사서는 별다른 대꾸 없이 느리게 고개를 끄덕이며 간간이 음, 음, 이라고 추임새만 넣었는데 P는 그 앞에서 자신의 마음을 몽땅 털어놓았다. 사서는 타자기를 꺼내 P에게 꼭 맞는 이야기를 타이핑하기 시작했다. 탁탁. 타다다닥. 탁. 고요한 도서관에 타자기 소리가 영롱한 종소리처럼 울리고 또 울렸다. 사서는 빼곡하게 적힌 두 장의 종이를 세 번 접은 뒤 P에게 내밀었다. 도서관 문을 나설 때 턱시도가 말했다.

"이야기를 소리 내어 두 번 읽고 눈을 감으세요. 이야기가 감은 눈 위에 떠 있다고 생각하며 고요히 잠을 청하세요. 그러면 이야기가 눈과 코와 입과 머릿속으로 흡수될 겁니다."

P는 그 밤이 떠오르는 듯 눈을 감고 깊은숨을 쉬었다. 속

눈썹이 파르르 떨렸다.

"그 밤. 오랜만에 단꿈을 꿨어요. 유년 시절로 돌아갔고, 사랑하는 연인을 다시 만나 아름다운 여행을 떠났습니다. 몇 가지 사건 사고를 수습하고 크고 작은 실수까지 수정한 완벽한 여행이었죠. 미운 사람에게 복수했고 부러운 사람보다 높아졌으며 그가 나를 부러워하는 모습을 보고 희열을 느꼈습니다. 아, 정말 행복한 꿈이었죠. 꿈에서 깨어났을 때 안전한 느낌에 놀랐습니다. 조금도 슬프지 않은 아침은 정말 오랜만이었거든요. 하지만 이내 슬퍼지고 말았죠. 현실은 바뀐 것이 없었으니까."

P는 빈 잔을 만지작거리고 한숨을 길게 내쉬며 말을 이었다.

"그때 끝냈어야 했어요. 나는 현실의 비루함을 견디지 못했고 결국 매일 도서관을 찾아 사서를 만나야 했습니다. 사서는 내가 원하는 꿈을 적어줬습니다. 내 실수. 내 소원. 내 분노. 내 사랑. 모두 꿈속에서 해결했습니다. 어느 순간부터는 긴 꿈을 원하게 되더군요. 밤에 꾸는 꿈이 아니라 아침과 오후, 저녁과 다음 날까지 이어지는 꿈을 꾸고 싶었습니다. 꿈에서 깨고 싶지 않았어요. 한 계절 아니 일 년이 년 계속 머물고 싶었어요. 사서는 말했습니다. '긴 이야기를 써줄 수 있습니다. 하지만 그러기 위해서는 당신의 시간이 필요합니다. 과거를 지불해야 해요.' 과거? 지나간 일? 기억도 안 나는 사건 사고들? 실패로 점철되고 오염된 일기들? 아무짝에도 쓸모없는 것들이었죠. 가져간다면 나쁜 기억도 사라지고 나로서는 아쉬울 게 없었습니다. 나는 사서에게 과거를 팔았죠. 사서가 긴 이야기를 타자기로 쓰고 있을 때 턱시도는 계약서를 작성해서 내밀었습니다. 제대로 읽지도 않고 서명을 했어요. 내 관심사는 오직 사서가 쓴 달콤한 이야기였으니까. 완벽한 꿈의 세계 속으로 빨리 다이빙하고 싶어서 온몸이 간지러울 정도였죠."

P는 손을 내밀어 J의 맥주잔을 들고 한 모금 마셨다. 목이 타는 모양이었다. P는 옷소매로 입가를 닦아냈다.

"만약 그때라도 멈췄더라면, 그 계약서를 제대로 읽어봤더라면, 이 지경까지 되지는 않았을지도 모릅니다."

내내 자신의 손과 바닥만 보며 말을 하던 P는 고개를 들어 J를 바라봤다.

"끝없는 고통으로 이어진 현실. 끝없는 행복으로 가득한 꿈. 둘 중 하나를 선택하라면 당신은 무엇을 선택하겠소?"

J는 미소를 지으며 한참 생각에 잠기더니 말했다.

"글쎄요. 답하기 어렵군요. 일단 저는 고통이든 행복이든 끝이 없다는 걸 믿지 않습니다."

"둘 중 하나를 골라야지. 그래야 재미있지. 시시하기 짝이 없는 사람이군."

P는 J의 답변이 마음에 들지 않아 인상을 찌푸렸다가 불꽃에 녹아가는 양초처럼 서서히 표정을 일그러뜨렸다.

"다시 삶에 적응해보려고 했지. 우연과 변수로 가득한 날들. 마음대로 되는 게 하나도 없는 세계. 사람들의 마음이 보이지 않는다는 것이 무섭고 여기에서 저기로 가는 것이 너무 더디고 따분했어. 걷는 것. 하나씩 밟아나가는 것 모두 견딜 수 없게 됐지. 무엇보다 나는 몸과 마음에 닿는 현실의 감각이 끔찍했어. 위협적이고 공포스럽기만 했지.

생각해봤어. 왜 사는지. 결국 꿈 같은 삶을 살고 싶다는 것을 알게 되었지. 그렇다면 이렇게 아등바등 살 필요가 있을까? 실패하는 습작의 날들을 살 필요가 있을까? 내가 가진 모든 날과 달을 바꾸어 바로 꿈을 사면 되지 않을까? 나는 선택했어······ 평생 꿈을 꾸게 해달라고. 자, 보시오."

P는 자리에서 일어나 두 팔을 활짝 벌렸다.

"여기가 내 꿈속이라오."

소리 내 웃으며 J가 말했다.

"이렇게 아름다운 세계가 꿈이라면 깨지 않는 것도 괜찮겠는데요."

"그렇지. 나도 그렇게 생각했소. 그렇게 하루 이틀이 지났고 지금은 시간이 얼마나 흘렀을까······. 나는 몰랐어요. 사람은 어떤 순간에도 나쁜 것을 찾아낸다는 것을. 아무리 좋아도 지겨워진다는 것을. 좋은 것이 싫어질 수도 있다는 것을. 사람들은 친절하고 내 앞을 가로막는 것도 없는, 날마다 완벽한 어느 날 어느 순간 알았습니다. 내가 만든 꿈의 이야기는 나를 해하거나 놀라게 하지 않을 거라는, 이야기의 뻔한 원리를. 몰라야 되는데 깨닫게 된 거예요. 나는 이 세계의 신이자 유일한 사람이었던 겁니다. 다시 시시해지더군요. 배는 금방 불렀고 사랑과 친절은 다디단 사탕처럼 더는 입에 넣을 수가 없었어요. 복수조차 재미가 없었어요. 평생을 증오하던 그 사람. 내 앞에서 처참하게 무너지고 바닥에 쓰러져 엉엉 우는데 그 모습이 모두 연기처럼 보였으니까요. 그리워지더군요. 슬프고 쓸쓸하고 억울하고 아팠던 날들이. 어둠과 두려움. 실패와 실망. 수치와 부끄러움을 한 번만 더 맛볼 수 있다면 소원이 없겠다, 생각하기 시작했죠. 그래서 나는 턱시도 입은 그자를 만나기 위해 이렇게 애를 쓰는 겁니다. 그와 맺은 계약을 취소해야 합니다. 내 과거 내 시간 마음껏 가져가도 좋으니 환하고 밝은 이 꿈에서 깨게 해달라고 말해야 해요."

P의 말을 듣고 J는 말없이 고개를 끄덕였다. 문득 P는 자신의 말을 들어주고 있는, 자신에게 속말을 하게 하는, J가 궁금해졌다.

"대화를 하자 해놓고 내 말만 많이 한 것 같네요. 당신이 만나려는 사람은 누군가요?"

J는 나초 한 개를 입에 집어넣고 오도독 소리가 나게 씹은 뒤 맥주를 연거푸 세 모금 마셨다. 맥주가 목을 넘어가며 꿀렁꿀렁 소리가 났다. 느슨하게 풀고 있던 셔츠의 단추를 목까지 야무지게 잠갔다.

"아, 시원하군요. 당신의 말을 듣느라 목이 마른 줄도 몰랐어요. 세월이 너무 많이 흘러서 그 고객 얼굴이 가물가물하네요. 약속을 취소하고 싶다는 연락을 받았어요. 문서로 서로 합의한 사안이지만 계약서에는 계약을 파기할 수 있다는 조항도 있어서요. 만나서 그 부분을 자세히 설명하고 한 번 더 의사를 확인하려고 합니다. 그 사람은 금방이라도 생을 포기할 것 같은 얼굴로 이 카페에 앉아 있었어요. 활기를 잃은 얼굴. 빛을 잃은 눈동자. 그늘로 뒤덮인 차가운 몸과 마음. 나는 그런 자들을 보면 마음이 아파 견디질 못해요. 그에게 새로운 기회를 줘야겠다고 생각했죠. 아름다운 바다를 품은 고포는 그런 자들로 가득했답니다. 실패한 인생. 절망에 빠진 사람들. 결국엔 그들 모두 새 삶을 얻고 다시 행복을 찾았습니다. 한없는 꿈속에서, 눈물 없고 슬픔 없는 영원히 밝고 맑은 세계 속에서 지금도 잘 지내고 있어요. 그런데 그 세계를 떠나고 싶다는 어리석은 자의 목소리가 들리더군요. 그자는 다 잊어버린 겁니다. 꿈꾸기 전 자신의 삶이 얼마나 초라했는지. 희망 없고 절망만 남은 낭떠러지에 서 있었다는 것을요."

J는 P의 눈을 뚫어지게 바라봤다. 아까부터 계속 투덜거리던 P는 긴장한 얼굴로 J를 봤다. 기시감이 느껴지는 눈과 표정. 그린 듯 부드럽게 올라가는 미소를 머금은 입꼬리. J는 말했다.

"그 사람. 과거를 모두 잃어 생각도 못 하겠지만 무기한 장기계약을 한 자는 자신의 지나온 모든 날과 기억을 남김없이 이야기에 바쳐야 한다는 조항이 계약서에 있습니다. 그뿐만 아니라 꿈에서 벗어났을 때 쇠잔해진 육체를 우리가 책임지지 않는다는 조항도 있죠. 그 사람이 만약 계약서를 찢고 꿈에서 벗어나고자 한다면 우선 무사히 잠에서 깨어날 거란 보장이 없습니다. 혹 깨어난다고 해도 그는 지난날을 하나도 기억하지 못할 테고 평생을 자면서 늙었기 때문에 남은 날도 한 줌밖에 되지 않을 겁니다. 무엇보다 자신이 누구인지 왜 여기에 있는지조차 모르겠죠. 때문에 나는 그가 왜 그리 어리석은 선택을 하려는지 도무지 이해할 수 없습니다. 하지만 인생이란 그런 거 아닙니까. 후회와 어리석음은 인간의 영원한 양식이니까요."

J는 남은 맥주를 한 번에 마셔 깨끗하게 잔을 비웠다.

"선생님. 만약 선생님이 저라면 어떻게 하시겠습니까? 그 사람 뜻대로 해줘야 할까요. 아니면 설득해서 완벽한 꿈의 세계에 순응하며 살도록 한 번 더 도와줘야 할까요."

P의 얼굴이 창백해졌고 굳게 다문 입술이 부들부들 떨렸다. J는 팔짱을 끼고 의자에 기대 앉아 차분하게 대답을 기다렸다. 너무 아름다운 날이었다.

시간 도둑

기타를 망가트리고 있는 주하를 봤을 때, 그 기타가 다른 무엇도 아닌 내가 선물한 기타라는 것을 알았을 때, 나와 눈이 마주쳤는데도 놀라지 않고 '왔어?'라고 인사하는 그의 편안한 얼굴과 평온한 음성을 마주했을 때, 나는 그가 드디어 미쳤다고 생각했다. 내 불쌍한 연인이, 실패한 가수가, 더는 버티지 못하고 완전히 무너지고 말았구나. 일렁이는 감정을 깊은숨으로 꾹 누르고 주하 앞에 앉았다. 악몽을 꾸고 일어난 아이를 달래는 눈과 마음으로 말을 걸었다.

"주하야……. 뭐 해."

주하는 말없이 기타를 들어 보였다.

"멀쩡한 기타를 왜 그러는 거야?"

"에이징하는 거야."

＊

"에이징하는 과정이라고 생각하고 있어요."

골목 담벼락에 붙어 담배를 피우고 있는 무명 가수는 그렇게 말했다. 그렇게 초라하고 재능 없는 가수는 처음이었다. 폐업 직전의 라이브 카페라 제대로 된 가수가 무대에 설 리 없지만 무명 가수라고 할지라도 무대에 선 가수들은 인지도만 없을 뿐 나름 자신만의 색깔이 있고 누가 봐도 가수다운 재능을 갖추고 있었다. 하지만 자신을 이주라고 소개한 가수는 달랐다. 특색이 없고 초라했으며 음정은 불안했다. 그는 작은 소리로 인사한 뒤 의자에 구부정하게 앉았다.

"안녕하세요. 저는 실패한 가수입니다. 첫 곡의 제목은

〈실패한 노래〉입니다. 자작곡입니다."

자작곡이라면서 그의 시선은 처음부터 끝까지 보면대에 올려놓은 노트에 고정되어 있었다. 관객들은 여섯 명이었다. 실패한 가수라고 자신을 소개한 무명 가수에 호의적인 마음으로 미소를 짓는 관객들도 있었다. 하지만 그 멘트가 유머가 아니라는 것을 금방 깨달았다. 가수는 너무 진지했고 멜로디는 단조로웠으며 가사는 처절했다. 카페를 찾는 관객들은 멋진 사람들이었다. 자신만의 길을 걷는 외로운 예술가를 존중했고 난해하고 자의적인 감각에 함몰된 음악일지라도 최대한 받아들이려는 넓은 이해심도 지니고 있었다. 하지만 그들조차 흥미를 잃을 정도로 형편없는 실력이었다. 기타를 잘 치는 것 같지도 않았다. 코드 전환이 자연스럽지 않았고 터치는 불안정해 듣기 싫은 버징이 났다. 박자를 자주 놓쳤고 그때마다 노래는 뚝뚝 끊겼다. 기타도 엉망이었다. 누가 버린 것을 주워다 쓰는 것 같았다. 칠은 벗겨지고 깨진 곳도 많아 나무 속살이 다 드러나 보였다. 앙코르 없는 무대가 끝났다. 나는 그가 신경 쓰였다.

실패와 절망에 물든 가수들을 많이 봤지만 이 가수는 정말 심각해 보였다. 나였다면 오늘 밤 수치와 모멸감으로 잠들 수 없을 것 같았다. 그는 케이스에 기타를 넣고 구부정하게 몸을 구부려 뒷문을 밀고 밖으로 나갔다. 나는 그를 따라 나갔고 그의 곁에 서서 함께 담배를 피웠다. 그리고 조심스럽게 말을 걸었다.

"실패한 가수의 실패한 노래 잘 들었습니다."

가수는 고개를 올려 하늘을 향해 연기를 뿜은 뒤 감사합니다, 라고 답했다.

"실패하셨다니 힘드시겠어요."

농담 반 진담 반으로 던진 말에 가수는 웃지도 않고 진지한 얼굴로 서서히 고개를 끄덕였다.

"힘들지 않아요. 에이징하는 과정이라고 생각하고 있어요."

"에이징. 원뜻은 시간이 지나면서 나이를 먹거나 성능이 약화되는 것을 뜻하지. 하지만 숙성과 성숙이라는 개념으로 접근할 때는 다른 의미가 되는 거야. 오래된 와인이나 가치 있는 골동품이나 예술품처럼."

자신이 에이징되고 있다는 무명 가수 말에 동의했다거나 설득된 것은 아니다. 그가 상장되기 전 주식이나 긁지 않은 복권처럼 재능이 있지만 아직 빛을 보지 못한 예술가라고 생각한 것도 아니다. 반대다. 나는 그에게서 가능성을 발견하지 못했다. 실패했지만 더 실패할 거라고 생각한다. 바닥이지만 더 깊은 바닥으로 떨어질 거라고 생각한다. 그런데 나는 그 모습이 아름다워 보였다. 그를 연민하는 마음이 슬금슬금 움직이며 커가는 것을 느꼈을 때 엄마가 생각났다. 처음부터 끝까지 실망스러운 남자를 사랑했던 여자. 그런 자신에게 진절머리 치며 틈날 때마다 스스로를 미워하고 조롱했던 여자. 그러면서도 개같이 사는 남자에게 문을 열어주고 돈을 주고 그 남자 때문에 눈물을 쏟는 이해할 수 없는 여자. 자신의 딸에게는 자기처럼 살면 안된다고 당부하고 또 당부하는 여자.

"거지 같은 사람을 사랑하는 마음은 진짜 거지 같은 거

야. 그러니 약속하렴. 너는 그런 것에 끌려다니지 않겠다
고. 그런 마음 앞에 침을 뱉고 등을 돌리겠다고 말이야."

나는 그때마다 손가락을 걸었고 엄마의 눈물을 손등으
로 닦아줬다.

왜 한계 앞에 무너진 사람의 등을 보고 있으면 마음이
커지는 걸까. 잘하지 못하는 것을 잘하기 위해 헛된 꿈을
꾸는 사람의 손은 왜 잡아주고 싶은 걸까. 왜 나는 머리로
는 그렇게 생각하지 않으면서 마음으로는 그것이 진정한
인간의 모습이라고 생각하는 걸까. 나는 그에게 진심을 담
아 당신은 멋졌고 나는 그런 사람이 좋아 보인다고 했다.
밥을 사주고 싶다고 했고 당신의 말과 노래를 더 들어주고
싶다고 했다. 허락해준다면 당신의 매니저를 하고 싶다고
도 말했다.

"그렇게까지 할 필요가 있어?"

아등바등 사는 나를 보며 주하는 입버릇처럼 말했다. 그

렇게까지. 한계 앞에 무너진 이들을 사랑하고 어리석은 선택을 일삼는 사람들을 아름답다고 여기면서 정작 나는 내가 어떤 한계를 느끼게 되는 것이 두려웠다. 더는 갈 수 없다. 이렇게는 살 수 없다. 밑 빠진 독에 물을 붓는 격이다. 이건 아니다. 잘못 생각했다. 실수했다. 나는…… 어리석었다. 결국 실패했다. 이런 기분을 느끼는 것은 끔찍했다. 나는 가난했지만 가난에 지고 싶지 않았다. 나는 상처받으며 자랐지만 상처가 드러나는 표정으로 살지 않을 거다. 부모가 내게 물려준 것이라고는 패배감과 절망, 지저분한 본질뿐이지만 나는 보란 듯이 살 거고 심지어 잘 살 거다. 자기 연민에 눈물 짜는 못난이 같은 삶은 절대로 살지 않을 거다. 다짐하고 또 다짐했다. 악착같이 살았고 통증이 없는 사람처럼 행동했으며 어떤 상황에도 놀라지 않은 척했다. 부러운 사람도 미운 사람도 없는, 흔들림 없는 마음을 갖길 원했다. 누구도 계약하지 않으려는 빛 없는 반지하방에 살면서도 빛 속에 선 나무처럼 의젓하게 살려고 했다. 곰팡이를 제거하고 갈라진 벽에 모던한 시트지를 발랐다. 쌀 한 톨 김치 한 조각도 남기지 않으려 했다. 가난한 내가 더 가난해지지 않으려면 지금으로서는 아끼는 수밖에 없었다. 밥이 지어지면 곧바로 밥통의 전원을 빼 한 그릇씩 소분해 냉동실에 넣었고 반찬은 락앤락 통에 담아 최대한 상하지 않게 조심히 먹었다. 내 집에서 같이 지내기로 했을 때 주하는 내 방의 모든 것을 흥미로운 눈으로 바라봤다. 열심히 살고 악착같이 아끼는 내가 대단하다, 했고 잠을 줄여가며 시나리오를 쓰는 나를 안쓰럽다, 했다. 나는 그 눈빛을 이해심이라고 생각했다. 그게 아니라도 내가 주하에게 하듯 주하도 내게 그렇게 노력하는 것이라고 생각했다. 더 누추해지지 않도록 더 상처받지 않도록 괜찮다, 좋다, 해주는 것. 그것이 거짓이라도 거짓을 꾸며내는 마음은 진심이고 그 진심은 사랑일 것이라고 생각했다. 어느 날 주하는 말했다.

"그렇게까지 할 필요가 있어?"

나는 주하가 좋았다. 빛 없고 의미 없는 반지하방에 주

하가 들어와 의미가 생겼다. 실패한 인간. 상처받은 영혼을 치유하는 병원이나 요양소처럼 누추한 내 방이 성스럽게 느껴졌다. 주하라는 존재는 내게 기이한 희망이었다. 그가 노트에 무엇인가를 끄적이는 걸 보는 것이 좋았고 기타를 퉁기며 흥얼거리는 것도 좋았다. 아무것도 하지 않고 누워 있는 모습을 보는 것도 좋았다. 나는 주하를 버티게 해주고 싶었고 회복시키고 싶었다. 그 버팀과 치유가 나를 버티게 하고 내 상처를 치유할 것만 같은 이상한 믿음까지 생겼다. 나는 주하에게 새 기타를 선물했다. 주하의 반응은 덤덤했다. 알바비를 거의 다 헐어 작심하고 산 기타였다. 상급자용 기타는 아니었지만 중급 이상은 사용할 수 있는, 내 기준에는 고급 기타였다. 주하는 기타를 연주해보지는 않고 이렇게 저렇게 돌려가며 상태를 살폈다. 상표를 확인하고 손가락으로 나무를 톡톡 때리며 소리를 들었다. 그리고 다시 케이스에 집어넣으며 짧게 말했다.

"고마워."

*

에이징, 이라는 말에 그동안 애써 막고 있던 무엇인가가 무너지는 것을 느꼈다. 귓가에 우르르 소리가 들리는 것만 같았다. 나는 무서운 눈으로 주하를 노려보며 손에서 기타를 빼앗았다. 그동안 마음에 담고 있던 말을 쏟아냈다. 주하는 당황한 듯 보였으나 기분 나쁘게 웃으면서 나를 진정시켰다.

"레릭이라고 하는 거야. 가치 있는 유물이라는 뜻이지. 쉽게 말해 레릭은 망가트리는 것이 아니라 평범한 악기를 가치 있는 유물로 만드는 과정인 거야. 고귀하게 재탄생시키는 거지. 너는 잘 모르겠지만 에이징된 악기는 소리부터 다르거든."

주하는 계속 말했다. 레릭은 어떤 장비로 하는 것이 효과적인지, 레릭이 잘된 악기가 얼마나 비싼지. 그동안 보이지 않던 기이한 흥분에 젖어 상기된 목소리로 설명을 늘어놓았다. 언젠가 나는 물었다. 왜 가사를 쓰지 않느냐고. 그

때 주하는 이렇게 답했다.

'어떤 가사를 써도 마음이 온전히 담기지 않아. 어설프게 망가트리고 싶지 않아. 차라리 쓰지 않음으로 내 모티프와 영감을 지키는 거야.'

그때는 왜 솔직하게 내 생각을 말하지 않았을까?

"개소리하지 마. 에이징? 억지로 멀쩡한 것을 망가트리면서 그것이 멋있게 낡은 거라고? 미친 새끼. 부서진 것과 낡은 것은 다른 거야. 아무 노력도 하지 않으면서 시간을 꼼수로 사려고 하잖아."

주하는 충격을 받은 듯 멍하게 나를 바라봤다. 그리고 무슨 말을 더 했는지 기억이 나지 않는다. 너무 솔직하고 정직한 말이었다. 꺼내면 그 말이 마음이 될까 봐 절대로 입술 밖으로 꺼내지 않는 단어들을 아무렇지 않게 섞어 침을 뱉고 돌을 던지듯 쏟아부었다. 주하는 놀란 아이처럼 얼어붙어 꼼짝도 하지 않았다. 그는 실패한 가수가 아니다. 무엇인가를 시도하거나 이룬 적이 없으므로 그에게 실패라는 말은 어울리지 않는다. 그는 실패에 대한 로망을 갖는 것으로 실패를 흉내 내고 있을 뿐이다. 나는 그가 찌그러진 캔 같다고 생각했다. 볼품없지만 누군가 밟아 찌그러졌을 뿐 언제든 스스로 펴고 일어설 수 있는 사람이라고 생각했다. 하지만 아니었다. 누구도 그를 밟지 않았다. 그는 스스로 자신을 밟아 전시하고 있었던 것이다. 나는 물을 한 잔 마시고 마음을 가라앉힌 뒤 차분한 어조로 말했다.

"나가."

실패한 가수는 왼쪽 어깨엔 멀쩡한 기타를 오른쪽 어깨엔 내가 사준 망가진 기타를 메고 작은 소리로 중얼중얼거리며 밖으로 나갔다. 미안하다고 했다가 고마워라고 했다가 마지막엔 너무한다고 했다. 그가 떠난 침대엔 그의 실패의 기록을 담은 얇디얇은 노트만 덩그러니 남아 있었다.

브라운 펜션

펜션은 나쁘지 않았다. 절벽 위 우뚝 선 모습이 근사했고 그 아래로 펼쳐진 풍경에는 아아, 소리가 절로 났다. 서해니까 온통 갯벌이겠지, 막연히 생각했는데 아니었다. 물이 가득했고 햇살을 반사하는 빛은 사방에서 반짝였으며 파도는 크고 굵직하게 말려 하얗게 물거품이 일었다. 주인에게 도착 문자를 보내고 주변을 둘러봤다. 죽은 풀과 마른나무가 바람에 흔들리는 고요한 마당. 비수기의 쓸쓸함이 느껴졌다. 본채는 물론이고 안내 표지판과 화분대, 정원의 부엉이 조각상까지 모두 나무였다. 주인은 손이 야무지고 깔끔한 사람인 듯했다. 방치된 물건이나 널브러진 잡동

사니가 없었고 물건은 크기별로 가지런히 정돈되어 있었다. 부러진 나뭇가지를 모아 단단하게 묶은 매듭도 단정했다. 그러나 낙후된 분위기는 노력으로 감춰지지 않았다. 커다란 통나무들로 만든 외관은 해풍에 변색됐고 결이 갈라져 있었다. 아무리 닦고 또 닦아도 씻기지 않는 얼룩과 어두운 그림자. 찬란한 햇빛조차 걷어내지 못한 희미한 그늘이 펜션을 하루하루 낡고 늙게 만들고 있었다.

주인이 걸어왔다. 세상에, 나무가 걸어오는 줄 알았다. 190? 200? 커도 너무 컸다. 마르고 길고 느리고 늙은 남자. 하얀 머리카락이 갈대처럼 바람에 휘날렸다. 주인은 상체를 구부려 몸을 낮게 만들며 물었다. 같이 온 사람은 있는지, 반신욕을 할 건지, 조식을 먹을 건지. 나는 아니요, 아니요, 아니요, 했다. 하지만 내심 아쉬웠다. 펜션에 달린 몇 안 되는 긍정적인 후기. '조식이 맛있어요.' 직접 만든 빵과 사과로 만든 잼, 쫀득한 서니 사이드 업, 진하게 내린 커피로만 구성된 단출한 식단인데 놀랍도록 맛있다고 한다. 특히 빵에 대한 찬사가 많았다. 빵이 빵이지. 그 빵이 뭐길래 이러나, 싶은 궁금증이 일었다. 하지만 나는 나를 조용히 꾸짖었다. '미련 갖지 말자.'

주인은 열쇠를 건네기 전 물끄러미 나를 내려다봤다. 나는 고개를 들고 그를 올려다볼 수밖에 없었다. 기분이 묘했다. 캐릭터 파악이 전혀 안 되는 얼굴이었다. 어떻게 보면 무섭고 어떻게 보면 순해 보였다. 눈동자 색깔도 이상했다. 그런 색은 본 적이 없었다. 흰색에 가까운 회색이랄까. 투명에 가까운 불투명이랄까. 그는 물었다.

"여기, 후기는 읽어보셨는지요."

"네. 알고 있어요."

그렇군요. 그는 알겠다는 듯, 어쩔 수 없다는 듯, 느리게 고개를 끄덕였다.

"좋은 시간 보내세요."

유령이 나옵니다.

죽은 사람을 봤습니다.

소름 끼치는 곳이었어.

바다에서 사람이 걸어 나왔음.

진짜 유령이에요. 나만 본 게 아니고 가족 모두가 봤어요.

힐링 여행이 지옥 여행이 됐다.

그냥 쓴 글은 아니다. 펜션이 망했으면 하는 뒤틀린 마음으로 썼거나 경쟁업체에서 허위 사실을 유포한 것도 아닌 것 같았다. 의견들은 모두 일관성이 있고 서로 겹치는 내용도 있었다. 가장 많은 건 죽은 자를 봤다는 것. 작년에 죽은 엄마를 만났다. 사고로 죽은 친구가 해변에서 걸어왔다. 죽은 애인이 노크를 했다……. 이미 나는 인생에 점을 찍었다. 어차피 유령이 될 거 죽은 자를 일찍 만난다고 문제될 거 없지. 노크를 한다고? 열어주면 그만이다.

헛웃음이 났다. 나무를 선호하는 주인의 마음이 방에서

도 느껴졌다. 가구와 물건이 다 나무였다. 탁자와 선반, 의자와 창틀까지 나무였다. 흰 개가 찍힌 흑백사진이 걸려 있었는데 액자가 나무였고 화장대도 나무였다. 티브이는 없고 시디를 재생할 수 있는 오디오시스템이 다였다. 벽에 매달린 스피커는 터무니없이 컸다. 창문을 열고 침대에 앉아 잔잔한 바다를 봤다. 가방에서 위스키와 감자칩을 꺼내 탁자에 올렸다. 2월의 마지막. 맑고 밝아 눈부신 오후. 지금 시각은 오후 3시 25분. 일몰까지 3시간 남았다.

좋은 풍경 속에서 일몰을 보며 가고 싶었다. 어둠으로 물든 하늘과 바다가 뒤섞이는 그 순간, 굿바이 하기로 결심했다. 아침이 밝을 때까지 시체가 되어, 혹은 영혼이 되어, 시체가 된 나와 나란히 앉아 밤바다를 봐야지. 경계가 사라져 사방이 어둡게 출렁이는 밤 벽에 갇혀 파도 소리 새소리 들으면서 낭만적으로 끝내야지. 그렇게 찾고 찾은 곳이 여기였다. 해가 지는 풍경은 끝내주지만 평점과 후기가 좋지 않아 찾는 사람이 없는 절벽 위 저주받은 집 한 채.

브라운 펜션.

해가 지는 군청색 해변. 수평선 너머로 태양이 사라지며 서서히 물드는 저녁. 수상한 자가 겨울 바다에서 걸어 나오고 있었다. 이 시간이 묘한 시간이라는 걸 안다. 어떤 이는 '매직아워'라 부르고 어떤 이는 저것이 내 개인지 내 개를 물어 죽일 늑대인지 구분하기 어렵다 하여 '개와 늑대의 시간'으로 부른다. 그러나 아무리 어둠이 사람을 묘하게 만들어도 저걸 그림자나 환영으로 헷갈릴 사람은 없을 거다. 몇 잔 마셨다고 헛것이 보이는 걸까? 눈을 가늘게 뜨고 유심히 해변을 봤다. 누군지 알아볼 수 있을 정도로 가까운 거리가 아니었는데도 그의 얼굴이 또렷하게 보였다. 막상 죽으려니 감각에 혼란이 생겼나. 섬망이나 망상. 뭐, 그런 걸까? 물 밖으로 나온 그는 잠시 우두커니 해변에 서 있다가 고개를 들어 나를 봤다. 어쩌다 이쪽을 우연히 본 게 아니었다. 정확하게 나를 인지하고 내 눈을 쳐다본 것이다. 나는 황급히 시선을 돌렸다. 섬뜩했다. 심장이 빠르

게 뛰고 손끝이 떨렸다. 주먹을 움켜쥐고 호흡을 가다듬었다. '곧 죽을 건데 뭐가 무서워' 혼잣말을 중얼거리며 불안감을 누르려 애를 썼지만 떨림은 사라지지 않았다. 천천히 창에 다가섰다. 개든 늑대든 유령이든 사람이든 저것이 나를 알아봤다면 내 쪽에서도 알아야 한다. 그때였다.

똑똑. 똑똑똑. 똑.

얼어붙듯 멈춰 서서 문을 봤다. 뚫릴 정도로 노려봤다. 주인일까. 이 시간에 누가 방문을 두드린다면 그건 당연히 주인이어야 한다. 하지만 아닐 거다. 해변의 그 사람이다. 사람이라고? 5초 남짓한 짧은 시간에 해변에서 여기까지 이동할 수 있는 사람이 있다고? 아니다. 사람이 아니다. 석양으로 길게 늘어진 그림자. 긴 걸음으로 성큼성큼 걸어왔을 거다. 그게 뭐든, 누구든, 어쨌든, 문 너머에 있다. 아무리 화가 나도 무조건 용서해주기로 약속했던 우리만의 암호 코드. '둘, 셋, 하나 노크'를 아는 자가.

그는 뉴욕 양키스 워드 마크가 프린트된 검정색 후드티를 입고 한쪽으로 살짝 기운 어정쩡한 포즈로 서 있었다. 문이 열리자마자 인사도 없이 안으로 쑥 들어왔다. 나는 떨리는 목소리를 힘써 누르며 말했다.

"뭐야. 왜 왔어?"

그는 손으로 엉킨 머리를 툭툭 털고 추운 듯 으으, 소리를 내며 답했다.

"형은?"

"내가 뭐."

"여기 왜 있는데? 형이 왔잖아."

그는 화장대 의자에 앉아 신기한 듯 거울을 봤다.

"유령 나온다고 알려졌다는데 몰랐어? 알고 온 거잖아. 나 보려고 온 거야?"

무슨 말이든 하고 싶었지만 어떻게 말해야 할지 몰라 입을 다물었다. '알고는 있었지만 그 때문에 온 것은 아니야' 뭔가 앞뒤가 안 맞는다. '유령이 나온다는 이야기는 들었지만, 정말 볼 거라고 생각을 한 것은 아니었고, 혹 뭘 만난다고 하더라도 그게 너라고 생각했던 것은 아니야' 이렇게 말하면 저 새끼는 분명 '몰라. 몰라. 복잡하게 말하지 마' 라고 건성으로 답할 게 뻔했다. 세상 귀찮다는 듯 잔뜩 인상을 찌푸리겠지. 동생일까? 진짜 유령인가? 반투명한 그의 상체 너머로 희미하게 술병이 비쳐 보였다. 두렵지 않다. 동생은 존재하지 않으니까. 존재하면 안 되니까. 괜찮아. 나는 이 상황을 확실하게 파악하고 있다. 저게 유령이든 내가 미쳐서 헛것이 보이는 거든. 내가 내게 속지만 않는다면 겁낼 필요가 없는 것이다.

그는 감자칩 몇 개를 들어 입에 넣었다. 실제로 감자칩이 사라졌다. 뭐야. 유령이라면서.

"그거, 진짜로, 먹은 거야?"

"몰라. 원래는 안 되는데. 여기서는 먹을 수 있어. 만질 수도 있고. 만져볼래?"

그는 오른손을 쑥 내밀었다. 나는 한 걸음 뒤로 물러섰다.

"아, 왜 그러냐. 서운하게."

그는 손에 묻은 감자칩 가루를 탁탁 털어내고 침대에 걸 터앉았다. 그와 나 사이에 침묵이 흘렀고 우리는 말없이 창밖만 봤다. 해는 졌고 까만 하늘에 어느새 밝은 별 몇 개 떠올랐다.

오랜만에 둘이 한잔했다. 그때나 지금이나 대화랄 건 없 었다. 한 잔 비우고 한 잔 따라주는 게 다다. 말없이 밤새워 마실 수 있는 사람. 말하지 않아도, 들어주지 않아도, 하나 도 미안하지 않고 신경 쓰이지 않는 사람. 억지 노력 없이 한없이 시간을 흘려보낼 수 있는 단 한 사람. 시간이 얼마 나 지났을까. 음악은 멈췄고 술도 감자칩도 떨어졌다. 그는 말했다.

"여기 이상하지. 죽은 자들도 산 자들도 다 알아. 알면서 모른 척하는 거야. 죽었으면서 살아 있는 척. 유령이면서 사람인 척. 모르고 오는 사람은 놀라서 도망가지만 아는 사람들은 계속 오거든. 사장도 그런 사람일걸? 어쩌다가 여기서 죽은 사람 만났겠지. 그런데 계속 만나고 싶으니까 아예 펜션까지 만들고 눌러살게 된 거야. 불쌍한 사람이야. 불쌍한…… 그나저나 형."

그는 한참 뜸을 들이다가 말을 이었다.

"잘 지냈어."

말끝을 올리지 않아 질문이 아닌 자기가 잘 지냈다는 말처럼 들렸다. 하지만 그 말을 듣자마자 속에서 울컥, 뜨거운 게 솟구쳤다. 그게 분노인지 슬픔인지 알 수는 없었다. 그는 삐딱하게 왼쪽으로 고개를 돌려 바닥을 보며 오른쪽 엄지 중지를 드럼스틱 삼아 왼쪽 손등을 두드리고 있었다. 할 말 없거나 딴청을 피울 때마다 하는 버릇. 꼴 보기 싫은 저 모습. 동생을 만나면 어떤 마음일까. 상상해본 적 있다. 영혼. 내세. 그런 게 정말 있다면 언젠가 만나겠지. 조금은 애틋하거나 감동적이려나. 아니었다. 똑같았다. 뒤통수를 한 대 갈기고 싶을 정도로. 나는 마음을 다스리려 잔에 고인 몇 방울의 술을 입에 털어 넣었다.

"꺼져라. 이 새끼야."

"……."

"갑자기 나타나서 한다는 소리가. 뭐? 개소리하지 마. 무책임한 새끼."

"사정이 있었어. 그게 뭐였는지 지금은 기억도 인 나지만. 아무튼 형 맘 쓰며 살았던 거, 알아. 미안해."

그딴 말 하나도 듣고 싶지 않았다. 할 수 있는 모든 욕을 하고 또 했다. 저주를 퍼붓고 악담을 늘어놓고 속에 있는 나쁜 것들을 입 밖으로 탈탈 꺼냈다. 가능하다면 내장까지 꺼내 저 뻔뻔한 얼굴에 집어 던지고 싶었다. 그런데 아무 말도 못 했다. 투명하게 동생을 닮은 희미한 그의 말이 내 속에 들어와 여기저기 만지고 쑤셔대고 있었다.

"형 잘못 아니야."

"뭐?"

들고 있던 잔을 탁자에 던지듯 내려놓고 소리쳤다.

"내가 뭘 잘못했는데. 무책임하게 멋대로 뒈져버린 건 너잖아. 내가 잘못했다고 생각해?"

"맞아. 맞다고. 형. 잘못한 거 없어. 제발. 그렇게 생각해.

나. 형 생각 다 알아. 다 전해져. 그래서 알게 돼. 모르고 싶어도 알게 된다고. 짜증 나 미치겠어. 그러니까 내 생각 좀 그만해."

그는 고개를 숙이고 자신의 손을 보며, 손에 말하듯 중얼거렸다.

"죽어도 끝나는 거 없어. 사라지는 것도 없고. 나도 안 사라져. 나를 생각하는 사람이 있는 한 어디도 갈 수 없더라고. 형이 나 생각하면 나는 형 옆에 계속 있게 되는 거야. 몸 없이 사는 거. 영혼이 되는 거. 자유로운 거 절대 아니야. 그러니까 형. 내 생각 좀 그만해. 아니, 하더라도 다른 생각 좀 해. 좋았던 것들도 있잖아."

그는 자리에서 일어나 어슬렁거리며 방을 맴돌았다. 갑자기 파도 소리가 크게 들리며 차가운 바람이 들어왔다. 이따금 들리는 개 짖는 소리. 그는 오디오의 재생 버튼을 눌렀다. 다시 흐르는 음악이 어둠도 함께 흐르게 했다. 그 속에 그가 서 있었다. 반쯤 투명한 동생의 모습을 하고서.

"그리고…… 그러지 마. 하지 마. 내가 그걸 보고만 있게 만들지 마."

나는 너를 끝내 이해하지 못하겠지. 이해할 수 없으면서 이해할 수 없는 걸 받아들이지 못해 생각하고 또 생각하겠지. 생각을 멈추고 싶지만 생각은 그럴 생각이 없을 테니 나는 평생 질질 끌려다니게 될 거야. 동생아. 그게 너무 번거롭구나. 이 생각을 나에게서 떼어놓을 수만 있다면, 이 생각을 버릴 수만 있다면, 생각이 팔과 다리 같은 거였다면, 미련 없이 뚝뚝 잘라냈을 거야. 피가 철철 흐르고 아파서 돌아버릴 것 같아도 그렇게 했을 거야. 하지만 그럴 수 없잖아. 생각은 나와 붙어 있으니까. 이걸 버리려면 나도 함께 버려야 하는 거지. 혹시 너도 나처럼 버리고 싶은 생각이 있었을까. 그래서 함께 버릴 수밖에 없었던 걸까. 모르겠다. 모르겠어. 아침이 되면 너는 사라져? 밤이 되면 다시 나를 찾아와? 물어보고 싶었지만 묻지 않았다. 그는 알고 있을 테니까. 대답을 하지 않는다면 이유가 있겠지. 말하고 싶지 않거나. 말을 해줘도 내가 알아듣지 못하거나.

시간은 흘렀다. 바닥을 드러내는 밤. 별은 기울고 까맣던 하늘이 푸르게 변했다. 이게 무슨 냄새지? 창문을 타고 들어오는 새벽바람 속에 고소한 냄새가 섞여 있었다.

"빵."

"아, 조식."

침대에 종이처럼 누워 있던 그가 주춤주춤 일어섰다.

"먹으러 가자."

"조식 안 먹겠다고 했는데."

"준비해뒀을 거야. 펜션엔 형 같은 변덕쟁이들이 많이 오거든."

식당과 사무실이 있는 단층 건물은 푸른 어둠 속에 잠겨 있었다. 작은 창문 너머 노란 불빛이 일렁거렸다. 우리는 문을 열고 안으로 들어갔다. 식탁에 앉아 식사를 하던 이들이 고개를 돌려 우리를 봤다. 커피를 내리던 주인은 커피포트를 식탁에 내려놓고 주방으로 들어갔다. 주인을 꼭 닮은 키가 큰 소년이 커피가 모인 비커를 기울여 두 개의 컵에 각각 커피를 따랐다. 소년을 꼭 닮은 여자가 둥근 잼 뚜껑을 열고 크게 한 스푼 떠서 작은 그릇에 올렸다. 달고 향긋한 사과 향이 코끝에 전해졌다. 우리는 몹시 배가 고프다는 것을 깨달았다. 우리 중 하나가 먼저 자리에 앉았고 다른 하나가 맞은편에 앉았다. 주인은 방금 만든 먹음직스러운 서니 사이드 업을 접시에 놓고 오븐에서 꺼낸 빵 두 덩어리를 바구니에 담아 우리 앞에 내려놓았다. 막 태어난 빵의 예쁜 등에서 김이 모락모락 피어올랐다. 소년은 장작 하나를 벽난로에 집어넣고 창가에 서서 밝아오는 바다를 바라봤다. 소년의 몸을 통과한 흰빛이 식탁을 환하게 만들었다. 나무를 먹은 불꽃이 몸을 키우며 힘차게 흔들리면서 사방으로 온기가 퍼지는 새벽. 빵은 맛있고 커피는 끝내줍니다, 라고 후기에 남겨야 할 것 같다.

친구들에게

눈을 떴다. 눈앞에 닥터. 눈을 감는다. 닥터의 목소리. 나는 말한다. 제발 좀 내버려둬. 차분한 닥터의 목소리. 선생님. 진정하세요. 진정하라고? 나는 입을 꾹 다물고 얼굴 근육을 부들부들 떨며 그에게 차가운 감정을 내비친다. 강철처럼 딱딱한 내 얼굴을 보라. 그리고 부디 감정이 상해라. 흥분하고 화가 나서 그냥 죽어버려라. 하지만 동요 없는 닥터의 음성. 눈을 뜨세요. 닥터의 손길. 섬뜩한 다섯 개의 손가락. 부드럽고 건조한 손바닥. 느껴진다. 다 느껴진다고. 나는 아랫입술을 씹어대며 웅얼거린다. 내가 어떻게 했으면 좋겠소? 이야기를, 닥터는 내 손목을 부드럽게 움켜쥐고 몸을 일으키려 한다. 나눕시다. 서서히 상승하는 침대. 불쾌한 진동. 나는 누운 채로 앉아 곧 닥터의 얼굴을 대면하리라. 눈꺼풀 너머 희미한 형상이 보인다. 달걀처럼 눈코 입 없이 떠오른 맨들맨들한 저 얼굴. 눈을 뜬다. 깨버리고 싶은 저 까만 눈동자에 윤기가 돌며 반갑게 웃는다.

서서히 미소가 사라지고 있다. 단정하지만 단호한 음성의 닥터. 자, 이제 이야기를 나눕시다. 간밤엔 왜 그러셨나요? 그제야 난 이마와 왼쪽 눈을 덮고 있는 붕대를 감각한다. 따뜻하다. 부드러운 젤리처럼 따뜻한 것이 안에 둥지를 틀고 있는 것 같다. 이 모습을 사진으로 남기고 싶구나. 손가락이 꿈틀거린다.

왜 그랬냐. 지금 그걸 묻는 건가? 닥터. 미치면 병원을 가야 해. 알지. 그건 나도 알아요. 그런데, 병원에서 미치면 어디로 가야 하지? 닥터. 나는 병원에서 더 나쁜 방식으로 미쳐가고 있네. 내 꼴을 보게나. 그러니 제발 나를 보내주게. 절대로 벽에 머리를 박는 그런 짓은 하지 않을 테니.

닥터는 말이 없다. 조각칼로 새겨 넣은 듯 단정한 미소만이 나를 치욕스럽게 할 뿐. 늘 이런 식이지. 대체 이 짓을 몇 번이나 반복했을까. 몇 날. 몇 달. 몇 개의 계절이 흘렀을까. 닥터, 그렇다면 흥정을 하기로 합시다. 침대 좀 더 올려주시겠소?

굿모닝 닥터. 좋은 날이야. 구름이 참 예쁘게 떠가는군. 지금 몇 시지? 닥터가 팔목의 시계를 부드럽게 꺾어 보여준다. 3시 32분. 바깥엔 무슨 일이 일어나고 있을까. 이보게. 닥터. 내 친구들의 근황을 말해줄 수 없나? 이제 닥터가 말할 차례. 하지만 아무 말도 하지 않는다. 어떤 얼굴을 보여줘야 저자가 나를 믿어줄까. 어떤 음성으로 구슬려야 저 냉혹한 짐승의 마음이 녹을까. 우선 웃자. 그리고 말하자. 죽고 싶소. 닥터가 입을 연다. 선생님. 그 말은 금지되어 있습니다.

그렇다면 당장 내 친구들을 보여줘. 농담이 아니야. 정말 죽을 거니까. 닥터는 이제 웃지도 않고 냉정하게 고개를 젓는다. 나는 혀를 앞으로 쭉 내밀어 앞니와 아랫니로 꽉 문다. 그렇게 웅얼거린다. 진짜로. 죽겠다고. 기요틴처

럼 싹둑, 처형시킬 거야. 닥터. 나를 아직 모르시오? 나는
한다면 하는 사람이지. 닥터는 잠자코 있다 고개를 끄덕이
고 손을 들어 나를 제지한다. 그리고 벽에 있는 모니터의
버튼을 눌러준다.

아, 나도 모르게 입이 크게 벌어진다. 사랑스러운 나의
계정. 밤하늘의 별처럼 무한하고 아름다운 스페이스. 웃고
있는 내 사진과 변치 않는 나의 친구들. 오, 세상에. 숫자
가 더 늘었어. 더 늘었다고. 흥분을 가라앉히자. 닥터를 설
득해야 해. 나는 짧게 헛기침을 하고 말했다. 글 한 번만 쓰
게 해주시오. 닥터는 고개를 저었다. 선생님. 그 말은 하면
안 됩니다. 초조하다. 답답하다. 심장이 찢어질 것 같구나.
말이 꼬인다. 입술 끝에서 말이 부딪쳐 잘게 쪼개진다. 이,
이, 이렇게 치료를 잘 받고 있잖아. 순한 양처럼. 왈왈. 꼬
리 치는 개처럼. 당신 말을 잘 듣고 있잖아. 제발 부탁이니
쓰게 해줘. 내가 여기에 있다고. 내가 여기에 잘 살고 있다
고. 한 번만 말하게 해줘. 손가락이 부서질 듯 꿈틀거린다.

주먹을 움켜쥐면 손가락이 송곳처럼 손등을 뚫고 나올 것만 같다. 닥터가 손등에 손을 올리고 살살 쓰다듬는다. 선생님. 친구들은 없습니다. 저건 그냥 숫자일 뿐이에요. 선생님의 친구는 저예요. 그리고 매일 신생님의 안부를 묻고 시트를 갈아주는 저 간호사들이에요. 서서히 시선을 돌린다. 세 명의 간호사가 시큰둥한 얼굴로 마른 미소를 짓고 있다. 나는 성난 음성으로 말한다. 당신들은 아무것도 아니야. 건조한 닥터의 음성. 아무것도 아닌 자들은 저들이에요. 거짓으로 당신을 따르는 허깨비들입니다. 아니지, 저들은 살인자들이에요. 잊었나요? 저들이 당신을 죽일 뻔했어요. 또 시작되는 잔소리. 반복만 있는 지겨운 설교. 나는 귀를 막고 소리를 지르며 노래를 부른다.

라라라, 선생님이 그들에게 약속을 지켰다고 생각하시지만, 라라라라라, 저들이 선생님을 부추겨 죽음에 이르는 약속을, 라라라라, 하도록 조장한 겁니다. 라라. 어떤 친구가. 라라라, 죽겠다는 공약을 지지, 우루루루, 합니까. 누누

누누. 다다다. 닥터. 이 씨발놈아. 너는 아무것도 몰라. 아니요. 압니다. 아니. 넌 다 안다고 생각하겠지만 몰라. 절대 몰라. 아니요. 알아요. 나도 당신의 친구였어요. 잊었나요? 나도 당신을 따르는 친구였다고요. 당신의 약속 행진. 위험하고 위태롭고 결국엔 목숨을 걸어야 하는 맹목적인 그 죽음의 약속에 좋아요, 좋아요를 모르핀처럼 톡톡 눌렀던 친구였어요. 라라라, 아아악.

참을 수 없다. 나는 소리친다. 악마처럼 보여라. 괴물처럼 보여라. 그래서 닥터야 간호사들아. 놀라라. 깜짝 놀라라. 그래서 나를 두려워하라. 나를 포기해. 아니 날 바깥에 버려. 창문을 열어 던져버리라고. 돌멩이로 창문을 깨듯 그냥 던져. 나는 이곳에서 나가야겠구나. 친구들에게 안부를 전해야 한다. 혀를 깨물어 잘라버리리. 이제 나는 말이 필요 없는 사람. 나는 모든 말을 타이핑하리라. 닥터의 손가락이 내 입 속을 파고든다. 침이 질질 흐른다. 강제로 벌려지는 입. 간호사들이 입 속에 돌멩이처럼 돌돌 만 거즈를

처넣고 손을 잡아 침대에 묶는다. 그리고 현기증. 서서히 나는 사라진다. 서서히 사라진다. 구름처럼 희미하게. 희미하게. 전원이 꺼진 저 까만 모니터처럼 잠 속에 빠지리. 언제쯤 친구들에게 돌아갈 수 있을까. 언제쯤. 언제쯤.

저스트 키딩

비 내리는 새벽의 편의점. 한 사람이 안으로 들어왔다. 위아래로 회색 트레이닝복을 입고 갈색 모자를 쓴 남자였다. 점원은 게임을 하다 말고 어서 오세요, 라고 중얼거리며 자리에서 일어섰다. 모자는 편의점을 한 바퀴, 두 바퀴, 천천히 거닐었다. 점원은 하품을 하며 창밖을 봤다. 차와 사람이 없는 텅 빈 사거리에 초록불이 켜졌다가 카운트다운 후 빨간불로 바뀌었다. 태풍이 오려나. 빗줄기는 굵어졌고 바람도 강해졌다. 시간 진짜 안 가네. 인기척을 느낀 점원은 고개를 돌렸다. 모자가 검지로 모자챙을 살짝 올려 자신을 보고 있었다.

"저 기억하시나요? 아까 몇 시간 전에 여기 왔었는데."

"네? 아……. 무슨 불편한 점이라도."

"여기에서 물건을 훔쳤었는데."

점원은 굽은 어깨를 펴고 헐렁하게 걸쳐 입은 조끼를 매만지며 모자의 얼굴을 봤다. 검은 뿔테 뒤에 자리한 두 눈이 그림자 속에 숨어 있었다. 모자가 말을 이었다.

"시시티브이를 볼 수 있을까요? 제가 진짜로 훔쳤다는 것을 보여드리고 싶어서요."

"아니." 점원은 무의식적으로 고개를 돌려 냉장고 위 시시티브이를 쳐다봤다.

"그러시다면 음, 다시 돌려주시면 될 것 같습니다."

"그럴 수는 없어요. 사정이 있어서요."

점원은 휴대전화 화면을 만져 시간을 확인했다. 3시 47분이었다.

"어떤 제품이었을까요. 그러시면 지금이라도 결제하시면 될 것 같은데요."

"확인하셔야 하는 거 아닐까요? 껌을 훔쳤다고 말하면

껌값 천 원만 내고 나가면 되겠네."

　일하는 두 달 동안 진상들 많이 만났다. 카드를 손에 쥐여주지 않는다고 화를 내는 사람. 어제까지 1+1이었는데 왜 오늘은 1+1이 아니냐고 소리 지르는 사람. 결제도 안 했는데 담뱃갑을 뜯고 잔액이 부족하다니까 두 개비만 빼 가는 사람. 그런데 이 사람, 본 적 없는 신종일세.

　"손님. 일단 지금 새벽이고. 점장님 오시면 그때 확인하면 좋겠습니다. 연락처를 알려주실 수 있을까요?"

　"그럼 안 훔친 걸로 하죠. 하지만 분명히 말했습니다. 확인 안 한 건 그쪽이시고."

　점원은 이제 짜증이 났다. 목소리에 힘이 들어갔고 나오는 말이 배배 꼬이며 끝이 뾰족해졌다.

　"저기. 무슨 상황인지 모르겠네요. 훔쳤으면 돌려놓으시고요. 먹었으면 결제하시면 되잖아요. 뭐 하자는 거세요. 지금."

　그때 비니를 쓴 두 명이 문을 열고 들어왔다. 어서 오세요, 점원은 의도적으로 고개를 획 돌려 모자를 무시하고 시선을 허공에 고정했다.

"그럼 저 그냥 갑니다."

"아니, 아니. 그러시면 안 되죠. 훔쳤다면서요? 그게 뭔지 말하셔야죠."

모자는 아무 대꾸도 하지 않았다. 카운터에서 한 발 물러선 뒤 창밖을 바라볼 뿐이었다. 점원은 마음이 복잡해졌다. 저자의 말이 사실이라면 빵꾸가 날 거다. 나중에 이 상황을 알게 되면 점장이 지랄할 게 뻔했다. 그걸 그냥 보냈냐고. 그렇다고 지금 이 시간에 점장에게 전화를 거는 것도 아닌 것 같았다. 방금 들어온 남자들도 신경 쓰이기 시작했다. 비니 둘은 라면 코너 쪽에 나란히 서서 5분 넘게 꼼짝도 하지 않고 있었다. 매대에 가려 얼굴이 보이지 않았고 시시티브이도 등만 비출 뿐이어서 무엇을 하고 있는지 파악이 되지 않았다. 제품을 고르지 않고 그냥 서 있기만 하는 세 명의 남자. 뭐지? 점원은 불안해졌다. 그때 모자가 작은 목소리로 말했다.

"불안해요?"

"네?"

"두렵냐고요. 느낌이 좀 달라졌네. 준비하세요. 여차하면 그거 눌러야 하니까."

모자는 손가락으로 포스기 쪽을 가리켰다. 점원은 그 밑에 벨이 있다는 걸 알면서 무슨 말인지 모르겠다는 얼굴을 하고 물었다.

"뭘요?"

모자는 입 모양으로만 말했다. 경찰.

사선을 긋던 빗줄기가 이제는 거의 수평. 찢어진 박스들과 비닐봉지가 중앙선과 주행선을 오가며 뒹굴었다. 수초처럼 휘어지는 가로등. 수상했다. 똑같이 비니를 쓰고 위아래로 검은색 옷을 맞춰 입은 것과 카운터 쪽에서는 얼굴을 확인할 수 없는 각도에 서 있는 것까지. 점원은 초조하게 라면 쪽을 주시했다. 가까이 다가온 모자가 소곤거렸다.

"저 사람들, 강도예요. 거울 봐봐. 후드티 앞주머니에 손 집어넣고 있죠? 주머니에 뭐 있을 것 같아요? 칼, 아닐까?"

점원은 인상을 찌푸렸다. 신경 쓰지 마시고 나가세요. 말하고 싶었지만 그의 말이 사실이라면? 혼자 있는 것보다는 누군가 함께 있는 편이 나을 것 같았다. 아닌가? 이 사람도 한패라면? 심장이 빨리 뛰기 시작했고 손바닥에 자꾸 땀이 고여 몇 번이고 허벅지에 닦아냈다. 점원은 휴대전화에 빠르게 문자를 입력했다. '점장님. 이상한 사람들이 있어요.' 답장은 없었다. 비니들은 양쪽으로 흩어졌다. 한쪽은 김밥 앞에 다른 한쪽은 콘돔 앞에 서 있었다. 자세는 똑같았다. 카운터 쪽을 보며 가만히 서 있기만 했다. 둘 모두 후드티 앞주머니에 손을 찌르고 있었는데 앞이 두툼했다. 그들은 한 발씩 천천히 다가왔다. 점원은 당황하며 모자를 봤다. 모자는 고갯짓으로 빨리 벨을 누르라는 신호를 줬다. 점원은 하얗게 질린 얼굴로 기침하듯 말했다.

"눌렀어요."

형광색 비옷을 입은 두 명의 경찰이 편의점 문을 열고 들어왔다. 둘 중 하나는 입구에 서서 편의점 내부를 봤고 다른 하나는 곧장 카운터로 다가갔다.

"무슨 일입니까?"

"강도래요."

"누가요?"

비니들은 바나나우유와 초코우유를 들었다 놨다 하면서 무구한 표정으로 카운터 쪽을 보고 있었다. 모자는 콜라 한 캔을 사서 의자에 앉아 있었다.

"아니. 아직은 아닌데요. 곧 강도 짓을 한다고, 했어요. 강도라고."

강도 짓을 한 것은 아닌데요. 한다고 했고요. 저 사람은 물건을 훔쳤다고 했는데 무엇을 훔친지는 모르겠어요. 칼이 있다고 했어요. 칼을 본 것은 아니고요. 경찰은 횡설수설하는 점원의 말을 한참 들었다. 불안한 눈이 비니를 쓴 사람들에게 향해 있는 걸 보고 경찰은 그들에게 다가갔다. 신원확인을 하고 주머니에 든 것을 확인했다. 둘 모두 휴대전화 외에는 아무것도 없었다. 모자에게 점원이 하는 말이 맞냐고 물었다. 대화를 한 것은 사실이나 제품 가격에 대한 이야기였다, 했다. 범죄가 일어날 것 같은 분위기? 그런 건 모르겠다, 했다.

"그렇군요."

경찰은 젖은 머리를 손으로 툭툭 털며 호, 하고 숨을 내쉬었다. 왼쪽 머리가 눌린 점장이 도착했다. 점원은 경찰들과 점장에게 왜 벨을 누를 수밖에 없었는지 말하고 또 말했다. 스스로 생각해도 무슨 말을 하는 건지 알 수 없었다. 말은 꼬였고 말도 안 됐다. 비니 둘과 모자 하나는 이 모습을 연극을 관람하듯 말없이 지켜봤다. 경찰은 돌아갔고 점장은 시시티브이를 확인했다. 모자가 제품을 훔치는 장면은 없었다. 편의점에 온 기록 자체가 없었다. 점장은 후우, 후우, 한숨만 열 번도 넘게 내쉬고 아침에 다시 이야기하자며 집으로 돌아갔다. 큰비가 잦아들고 분무기처럼 실비가 흩날렸다. 가로등 불은 꺼졌고 아파트와 야산이 희미한 미명으로 조금씩 환해지고 있었다. 비니들은 왜 우리를 의심했느냐, 묻는 듯한 눈으로 점원을 노려보며 밖으로 나갔다. 먼저 나간 모자는 한 손에 밀걸레 대를 다른 한 손엔 휴대전화를 들고 창밖에 서서 점원을 쳐다봤다. 마치 이 모든 장면을 영상으로 찍었다는 듯 검지로 휴대전화를 톡톡 두드렸다. 그리고 걸레를 들어 창문을 닦았다. 구정물이 투명한 창문에 주르륵 흘러내렸다. 뭔가에 홀린 듯 내내 멍하고 수치스러운 기분에 휩싸여 있던 점원은 갑자기 몸과 마음에 전원이 들어온 듯 팔다리에 힘이 들어가는 것을 느꼈다. 그동안 착하게 살려고 노력했다. 인생 한번 말아먹을 뻔했지만 앞으로는 착하게 살기로 다짐하고 또 다짐했다. 개같은 짓을 하지 않았고 개같은 짓도 참고 넘어갔다. 점원은 카운터 상판을 열고 바깥으로 뛰쳐나갔다.

모자는 가만히 서서 자신에게 다가오는 성난 점원을 바라봤다. 흐리멍덩했던 눈동자에 살기가 실렸고 흥분한 목소리엔 열기가 느껴졌다. 점원은 모자의 어깨를 밀치며 왜 그런 거냐 소리를 질렀다. 모자는 아무 대꾸도 하지 않고 실실 웃기만 했다. 이렇게 웃으면 상대방이 기분이 나빠 미쳐버리겠구나, 싶은 더러운 미소를 입에 걸고 계속 점원을 바라보기만 했다. 모자는 들고 있던 밀걸레 대를 바닥에 놓고 발로 밟아 부러뜨렸다. 점원은 당황하며 한 발 물러섰다. 모자는 막대를 들고 위협을 가하는 대신 그냥 바닥에 던졌다. 횡단보도 맞은편에서 누군가 자신을 보고 있었다. 불 꺼진 치킨집 앞에 우산을 쓰고 쪼그려 앉은 비니를 쓴 두 명의 남자. 점원은 어떤 확신에 이르렀다. 다들 한통속이었구나. 모두 짜고 나를 골탕 먹인 거다. 몰래카메라 같은 건가? 씨팔. 나를 뭘로 보고. 점원은 모자에게 달려들어 멱살을 잡았다. 모자는 말했다.

"억울한가요?"

"뭐라고?"

"억울하냐고요."

점원은 머릿속이 복잡해졌다. 이자는 처음부터 끝까지 거짓말만 하고 장난만 치고 있었다. 점원은 한 번 더 이해해보려고 잠깐 머리를 굴려봤지만 그러기에는 너무 화가 났고 짜증이 치밀었다. 새벽이고 피곤해죽겠는데 별 미친 새끼를 다 보겠네. 점원은 모자의 모자를 주먹으로 때렸다.

때렸다기보다 밀었다, 에 가까웠지만 모자는 뒤로 밀리며 넘어졌다. 모자는 바닥에 쓰러진 채로 바닥에 놓인 막대를 잡으려고 팔을 뻗었다. 점원은 재빨리 다가가 모자보다 먼저 막대를 잡았고 그대로 모자의 머리를 내리쳤다. 딱! 소리가 났고 모자는 악! 소리를 내며 쓰러졌다.

*

 모자는 병원 침대에 누워 점원이 오기를 기다렸다. 2인실을 함께 쓰는 환자가 몇 개의 검사를 받아야 해서 오후 내내 병실에 혼자 있을 예정이었다. 점원은 사과를 하고 싶다고 몇 개의 문자를 연달아 보냈고 다섯 번도 넘게 전화를 걸어왔다. 모자는 전화는 받지 않고 문자에만 짧게 답했다. 모자는 머리에 감은 붕대를 매만지며 상처 위치를 확인했다. 두피가 찢어져 피는 났지만 별다른 이상은 없었다. 어떻게든 합의를 해달라고 요구하겠지. 억울하고 열받고 화나고 도대체 왜 자신에게 이런 일이 생겼는지 알 수 없어 미칠 것 같겠지만 어쨌든 사람 머리에 구멍을 낸 가해자가 됐으니, 똥줄이 탈 거야.

병실 문이 열렸다. 점원은 감귤주스 선물 세트를 들고 어색하게 웃으며 침대로 다가왔다. 모자의 몸 상태를 물었고 그때는 정말 죄송했다고 몇 번이고 사과를 했다. 모자는 침대의 경사각을 조정해 누워 있는 자세를 앉은 자세로 만들었다. 모자는 선물 세트를 열고 주스 한 병을 꺼내 뚜껑을 따 점원에게 건넸다. 점원은 두 손으로 병을 받아들고 작은 소리로 고맙습니다, 라고 했다. 모자가 말했다.

"사과하실 필요 없어요. 솔직히 그쪽이 잘못한 건 아니잖아요. 제가 장난치고 놀려서 그런 거니까. 사과는 제가 해야 할 것 같은데요."

점원은 뭐라고 답해야 할지 몰라 망설이다가 고개를 저으며 답했다.

"아닙니다. 어쨌든 제가 다치게 했잖아요. 잘못한 게 맞죠."

"아닌 거 같은데…… 뭐 그렇다면, 그렇다고 합시다. 합의하러 오셨나요?"

"아, 네. 뭐. 선처를 해주시면. 정말로."

"싫습니다."

"네? 제가 잘못한 게 아니라고 하셨잖아요."

"네. 그쪽은 잘못 없어요. 하지만 합의는 안 합니다. 왜 왔는지 압니다. 왜 합의가 필요한지도 알고요. 억울하죠? 그냥 억울해죽으세요."

모자는 점원을 열받게 했던 그 미소를 지으면서 끄끄 소리 내 웃었다. 점원은 쥐고 있던 병을 더욱 강하게 움켜쥐었다. 손바닥에 심장이 붙은 듯 툭툭 피 뛰는 게 느껴졌다. 병으로 내리치고 싶었다. 저 눈을 찌르고 이죽거리는 입술을 찢어버리고 싶었다. 하지만 참았다. 그렇지 않아도 재수 없게 꼬인 인생. 더 꼬이다가는 끊어질 수도 있으니까. 점원은 고개를 푹 숙였다.

"죄송합니다. 선처해주시면 감사하겠습니다."

모자는 음, 소리를 내며 한참 동안 말없이 점원을 봤다.

저스트 키딩

정용준

"앞으로 기분이 좋을 예정이다. 가끔, 문득, 불쑥, 자주, 행복할 것이다."
정용준 작가는 '짧고 작은 이야기책'이 생긴 것에 대해 이토록 순연한 기쁨을 드러냈습니다. 여기에는 강렬한 색채와 대담한 질감 표현을 통해 열세 편의 이야기를 근사한 그림들로 구현해낸 이영리(다안) 작가와의 협업도 한몫했을 거예요.

인간의 본성을 파헤쳐 그 이면을 세밀한 묘사와 선명한 서사로 조형하는 정용준 작가의 탁월함은 이번에도 어김없이 발휘됩니다. 『저스트 키딩』 속 이야기들은 현실과 환상과 망상을 넘나드는데요. 학교폭력 피해자 아동과 세신사의 조우를 그린 「돌멩이」, 편의점 아르바이트생에게 일어난 기묘한 사건을 담아낸 「저스트 키딩」처럼 현실적인 소재에서 출발한 작품부터 과거를 팔아 꿈을 사는 「너무 아름다운 날」, 갑자기 나타난 분열된 자아와 대립하는 「해피 엔딩」 같이 환상과 망상의 경계에서 전개되는 이야기까지 다채롭습니다.

우리는 그의 글에서 때론 선뜩한 현실을 직시하고, 때론 씁쓸한 삶의 단면을 맛보고, 때론 불투명한 상상의 세계를 유영하게 됩니다. 정용준 작가의 묵묵한 발자국을 기껍게 따라오신 독자님께도 이 책이 기쁨이 되어주길 바랍니다.

마음산책 드림

그리고 목소리에 장난기를 제거하고 건조하게 말했다.

"김민수 씨. 기분이 어때요?"

자신의 이름을 정확하게 부르는 소리에 점원은 고개를 들였다. 모자는 휴대진화로 어떤 사진을 보여줬다. 점원은 사진을 보자마자 숨이 탁 막혔다.

"이 사람 생각나죠? 놀렸던 거. 장난쳤던 거. 다 생각나죠?"

점원은 이제야 이해가 됐다. 복수였구나. 하지만 동시에 분노가 치밀었다. 웃자고 한 일인데, 그저 재미있고 실감 나게 방송을 만든 것뿐이었는데, 하필 예민하고 진지한 사람이 걸려 다 꼬였다. 뻔한 설정이었다. 밤길에 혼자 걷는 여성의 뒤를 따라가 살짝 겁을 줘서 무서워하는 리액션 몇 컷 따고 '사실 몰카였습니다' 밝히는, 몰카 유튜버라면 한 번쯤 찍는 콘텐츠였다. 다만 짜고 치는 고스톱이 되지 않도록 대본 없이 리얼로 한 것뿐이었다. 그런데 그것 때문에 고소를 당하고 채널까지 없애야 했다. 한국은 이래서 안 돼. 몰래카메라잖아. 저스트 키딩. 외국처럼 여유 있게 웃고 넘기면 되는데. 트라우마니, 공황이니, 정신과 치료

니, 짜증 나.

"하…… 그것 때문이었나요? 저는요. 죗값을 치렀고요. 그것 때문에 제 인생도 엉망이 됐습니다. 언제까지 우려먹을 건데…… 좋아요. 또 사과할게요."

"죗값. 음, 당신 입장에서는 그럴 수 있지. 그럴 수 있어. 억울할 거야. 고소당했고 영상도 못 만들게 됐으니까. 그래서 커뮤니티에 억울하다고 답답하다고 호소했겠지. 거기는 너와 너 같은 사람들이 서로 편들어주는 곳이니까. 너의 말을 전적으로 믿고 어떤 짓을 해도 두둔해줬으니까. 감히 너를 고소하다니. 겨우 그깟 장난에 화를 내다니. 한꺼번에 우르르 몰려가서 그 사람을 욕하고 조롱했지. 그 사람은 들어본 적 없고 무슨 뜻인지도 모를 심한 말을 얼굴도 모르는 사람들에게 들어야 했어. 그 사람의 가족과 친구들, 회사 동료들에게까지 유언비어를 퍼트렸지. 메일을 해킹하고 연락처를 알아내 지인들에게 달라붙어 괴롭히고 온갖 더러운 말을 퍼 날랐어. 그 사람은 그걸 견디지 못했어. 회사를 그만뒀고 번호를 바꿨고 방에서도 나오지

못했거든. 가족들을 만나는 것조차 두려웠으니까. 이 모든
광풍이 지나가고 마침내 방에서 나왔을 때, 그 사람은 다
른 사람으로 변해 있었어."

점원은 무슨 말이든 하려고 했다. 하지만 모자는 무서운
눈으로 점원을 노려보며 검지를 올려 자신의 입술에 댔다.
아무 말도 하지 말라는 그 신호에 점원은 말문이 막혔다.

"죗값. 당신이 지은 죄는 누군가를 모욕하거나 명예를
훼손한 것이 아닙니다. 형량은 그렇게 나왔겠지만 절대로
아닙니다. 그 사람은 존재 자체가 파괴됐거든요. 당신과 당
신을 닮은 자들이 그 사람을 끈질기게 물고 또 물었죠. 상
처 난 곳에 이빨을 박아 넣고 집요하게 파고들어 피가 흐
르면 낄낄거리고 핥아대며 좋아했죠. 그냥 한번 살짝 깨물
었을 뿐이라고 다들 주장하겠지요. 그러니까 내 책임이 아
니라고요. 하지만 숨이 끊어져 결국 쓰러졌다면 누군가는
책임을 져야 하지 않을까요?"

점원은 무슨 말을 해야 할지 몰랐지만 어떤 말을, 아무
말을, 아무렇게나, 나오는 대로, 했다. 사실, 진짜, 원래는,

솔직히, 이런 단어들이 뒤섞인 변명이었는데 앞뒤가 맞지 않고 이해도 되지 않는 말이었다. 모자는 점원의 말을 끊었다.

"그동안 당신에 대해 알아봤어. 하나부터 열까지 다 뒤지고 찾아봤지. 인터넷에서의 흔적들. 누구와 친하고 누구에게 강하고 약한지 나는 다 알아. 그런데 끝까지 모르겠는 건……. 이유였어. 도대체 그 사람에게 왜 그랬을까? 그런데 이제 알았어. 이유가 없다는 걸. 생각 자체를 하지 않았으니까. 김민수 씨. 당신은 아직 값을 치르지 않았어요. 사람을 죽인 죄. 또 사람을 죽이려고 한 죄."

모자는 점원의 손에서 주스병을 빼앗았다. 주스가 침대에 흐르고 모자의 환자복에 묻었다. 모자는 주스병으로 자신의 머리를 때리기 시작했다. 한 대 두 대 세 대. 점원이 소리를 지르며 모자의 손에서 병을 빼앗으려 했다. 하지만 모자는 계속 내리쳤다. 안경이 부러지고 이마가 찢겼다. 붕대에 핏물이 고이기 시작했다. 흐르는 피가 눈썹과 귀, 상의를 적셨다. 하얗게 질려 벌벌 떠는 점원을 보고 모자는 환하게 웃으며 속삭였다.

"장난이야."

모자는 응급 벨을 누르고 정신을 잃은 듯 쓰러졌다.

당나귀 노인

바다가 보이는 남해의 작은 요양소. 한 노인이 고리버들로 만든 안락의자에 앉아 흐린 눈으로 수평선을 보고 있다. 먼바다에서 파도가 치고 요트가 지나간 자리에 흰 거품이 인다. 정지비행하는 물새들이 허공에 떠 있다. 그는 눈을 가늘게 뜨고 수면 위로 떠오르는 환영을 본다. 그것이 실제가 아님에도 동공은 수축되었다가 이완되고 그의 귀는 어떤 소리를 듣는다. 노인은 두 손으로 이마를 감싸고 믿어선 안 될 감각을 믿지 않기 위해 눈을 질끈 감으며 중얼거렸다. "아니라잖아. 진짜가 아니라잖아. 다 그렇게 말해줬잖아. 의사도, 간호사도, 다른 방의 노인들도, 심지어 거울 속의 나조차도 진짜가 아니야. 믿어선 안 돼. 그렇게 말했잖아." 그러나 그는 곧 의자에서 일어서며 갈라진 음성으로 말했다.

"그런데 들려. 저기 저렇게 또렷하게 보이잖아. 내가 미쳤다고? 아니지. 아니야. 봐. 저기 보라고."

그는 한숨을 내쉬며 싱크대에 비스듬히 기대서서 컵을 씻었다. 마른 헝겊으로 포크와 스푼의 물기를 닦아내고 블루베리잼의 뚜껑을 느리게 돌려 닫아 선반 위에 올렸다. 그러다 불쑥 그 생각이 또 떠올랐다. 그는 물이 뚝뚝 떨어지는 손을 닦지도 않고 허공을 노려보며 다급하게 소리쳤다.

"혹시 당나귀를 보았소? 오…… 제발. 도와주시오. 나는 당나귀를 찾아야 합니다."

그는 벽을 두드리고 문을 흔들며 신음하듯, 비명을 지르듯, 소리를 질렀다. 그 소리를 간호사도 듣고 옆방 사람들도 들었지만 아무도 도우러 오지 않았다. 각자의 자리에서 말없이 고개를 끄덕일 뿐. 그뿐이었다.

그는 무명 가수였다. 지방의 크고 작은 축제를 돌아다니며 유명 가수의 모창을 했다. 그는 엿장수와 광대들의 친구였고 근사한 춤꾼들과 소심한 사기꾼들의 오랜 동료였다. 성실했으나 순진하진 않았고, 순박했지만 결코 호락호락하지 않은 사내였다. 세월이 흘러 그의 머리가 하얗게 세고 허리에 군살이 붙었다. 그는 노래를 멈추지 않았다. 리듬과 멜로디와 무관한 엉터리 춤을 추는 바보들 사이에 서서 텅 빈 관객석을 노려보며 계속 노래했다. 기침이 나고 가래가 끓고 힘없는 성대에서는 자꾸 바람 빠지는 소리가 났다.

어느 날 그는 알았다. 무엇인가 변하고 있다는 것을. 무엇인가 사라지고 있다는 것을. 최근의 기억부터 하루에 하나씩 마음과 머리에서 쑥쑥 빠져나가고 있었다. 길을 걷다 멍한 정신으로 꼼짝도 않고 얼음처럼 서 있다가 행인들의 도움을 받는 일이 많아졌다. 망각은 먹구름처럼 무게도 형상도 없이 삶의 자리마다 둥둥 떠다니며 기억을 하나씩 집어삼켰다. 노래의 가사를 잊고, 리듬을 잊고, 사는 곳을 잊고, 사람들과 이름들을 잊어버렸다. 뭔가를 잃어버렸는데 그것이 무엇인지 알지 못하는 남자는 거울을 보면서 말했다.

"누구신지요."

마침내 어떤 기억 하나만 남고 나머지는 모두 사라졌다. 허리케인이 지나간 자리에 덩그러니 남은 기이한 집 한 채처럼. 그것만이 그에게 남은 유일한 과거였고, 인지할 수 있는 현재였으며, 앞으로 다가올 유일한 미래였다.

그 사람 곁에 서 있던 당나귀.
당나귀가 사라지자 당나귀와 함께 내 곁을 떠나버린 사람.
텅 빈 방 안에 홀로 남은 볼이 붉은 청년 하나.
아이처럼 엉엉 우는 사내 하나.

엄습하는 하나의 기억. 딸꾹질하듯 느닷없이 터져 나오

는 몇 개의 장면. 일단 시작되면 도저히 막을 수 없었다. 그런 일이 점점 잦아졌고, 계속되었으며, 반복됐다. 밤이 오면 별이 뜨고, 해가 뜨면 낮이 오듯. 규칙적으로. 거의 일상적으로. 잊고 있었던, 아니 잊어야 마땅한 옛날의 기억이 영화처럼 되살아났다. 까닭도 없이, 영문도 모르게, 현재 속으로 밀어닥치곤 했다. 마침내 그는 자식들과 아내도 알아보지 못하는 사람이 되어 눈빛을 공손하게 만들며 간절한 음성으로 말했다.

"당나귀를 보았소?"

그의 입에서 당나귀, 라는 단어가 나오는 순간 가족들은 눈을 질끈 감고 말았다. 더 이상은 안 돼. 이건 불가능해. 가족들의 힘으론 그를 도울 수 없다고 판단한 것이다.

그는 요양소에서 당나귀 노인으로 불렸다. 그럴 수밖에. 당나귀 이야기만 했으니까. 자신의 이름도 모르고 무용담 같은 것도 없고 시시한 농도 칠 줄 모르면서 당나귀, 당나귀, 지겹도록 그 말만 했으니까. 처음엔 모두들 그에게 설

명하려 했다. 이해시키려 했다. 혼도 내고 비아냥거리기도 했고 웃기도 했다. 하지만 계절이 바뀌고 한 해 두 해 지나는 동안 계속 같은 말만 하는 그를 말릴 순 없었다. 눈이 마주치면 들어주고 가급적 피해 다닐 뿐. 그뿐이었다.

그는 미치고 싶지 않았다. '느껴지는 모든 감각은 실제가 아니다'라고 가정해보았다. 하지만 허사였다. 당나귀가 문턱에 왼쪽 빰을 얹고 엎드려 있던 모습이 눈에 선했다. 크고 까만 눈을 끔벅거리는 당나귀. 길고 풍성한 당나귀의 속눈썹을 사랑스럽게 바라보는 아름다운 여자의 얼굴. 머루같이 까만 두 개의 눈동자 안에 스민 불행의 그림자. 그 그림자 안에 관처럼 누워 있는 어리석은 남자 하나. 그의 황홀한 표정. 어리석게도 심장은 또 쿵쿵 뛰었다.

"그러니까 이건 실감이 아니야. 이토록 평온한 바다를 봐. 요양소엔 당나귀 따위는 없어. 물론 젊은 여자도 없지. 알았니? 이 멍청아. 정신 좀 차려!"

그러나 그는 곧 미소 지으며 허공을 향해 바보처럼 웃고 말았다. 그녀가 보였다. 저 앞에 당나귀의 목덜미를 어루만지는 여자가 있었다. 저기 있다. 지금 보이잖아. 이제 아무도 내 말을 들어주지 않지. 내겐 친구도 없고 가족도 없네. 내가 당나귀와 그녀에 대해 말하면 진지한 표정의 바보들은 가지런한 이빨을 내보이며 말하지. 아니에요. 아니라니까요. 진저리 치며, 조롱하며, 능멸하며, 조소하고, 히죽히죽 웃어대면서. 그들은 나를 아이처럼 앉혀놓고 하나 마나 한 충고들만 온종일 늘어놓네. 나는 고분고분 고개를 끄덕거리지만 실은 속으로 이렇게 말하고 있어.

'이런 바보들아. 아침에 일어나 잠들 때까지 밥만 먹고 양치만 하는 사람들처럼 하얗고 튼튼한 이빨을 보이며 징그럽게 웃어대는 천치들아. 알았어. 알았다고. 나도 더는 말하지 않을게. 그러니까 너희들도 그만해. 부탁이야. 그냥…… 내 이야기나 들어줘.'

오래전에 사랑했던 여인에 대해 말해야겠어. 삼십일 년

전 강화도의 작은 축제에서 만났지. 당나귀를 키우더군. 아니, 세상에 당나귀라니. 하지만 진짜 당나귀였어. 당나귀 등에 붉은 천을 깔고 아이와 처녀들을 태워 마을을 돌게 하고 동전을 받더군. 그날은 사실 슬픈 날이었어. 불량배들에게 엉덩이를 걷어차이고 누군가 얼굴에 술을 뿌렸고 노인들은 고래고래 소리를 질렀어. 돼지 멱따는 소리는 집어치워라, 라고. 그들이 무서웠어. 나는 어리고 초라했으니까. 천막 뒤에 쭈그리고 앉아 군청색 하늘을 바라보며 울먹이고 있을 때 그녀가 다가왔지. 딸랑. 딸랑. 당나귀 목에 걸린 방울이 흔들리며 예쁜 종소리가 났어. 그녀를 보는 순간 나도 모르게 입술이 멋대로 움직이며 이렇게 말하더군.

"한눈에 반했습니다. 사랑합니다."

한동안 강화도에 눌러앉았어. 그녀와 함께 밥을 먹고 입을 맞추고 혀로 즐거운 놀이를 하고 함께 노래를 했지. 들판을 뛰며 망아지들처럼 벌거벗고 엉덩이를 흔들면서 춤도 췄어. 아아, 정말 끝내주는 날들이었지.

새벽이 되면 그녀는 조금 이상해졌어. 우울한 얼굴로 이렇게 말했어.

"아침이 올 때까지 잠들 수 없어요. 만약 잠이 들면 희미한 그림자가 일어서서 물끄러미 나를 바라본답니다. 얇디얇은 미농지 같은 그 그림자의 투명한 눈빛을 본 적이 있나요? 정말 끔찍해요. 눈만 마주쳐도 온몸이 반으로 쪼개지는 것 같으니까요. 그러니까 당신. 나랑 밤새워 놀아줘야 해요. 알았죠?"

나는 피곤한 얼굴로 하품을 하며 고개를 끄덕였지. 그녀는 시무룩한 목소리로 말하더군.

"어떤 남자든 꼭 그렇게 말했어요. 하지만 놀이가 끝이 나면 금세 잠이 들어버리죠. 다 소용없는 일이야. 당신도 곧 나를 떠날 거니까. 당신이 잠들면 무슨 일이 일어나는지 알아요?"

사자가 마구간으로 들어온다고 했다.

"사자가요? 어흥, 하는 사자가?"

"네. 사자가요. 하지만 아침이 되면 올 수 없어요. 꿈속은 밤이니까 눈이 어두운 사자는 이곳을 찾아올 수 없는 거죠. 그러니까 나와 함께 밤을 지켜줘요."

나는 졸린 눈을 느리게 깜박이며 고개를 끄덕였어. 하하하 소리 내어 웃었던 것도 같아. 그리고 기억이 나지 않아.

다음 날 당나귀가 사라졌어. 여자는 울고 있었지.

"당신이 잠든 사이 사자가 찾아왔어요. 당나귀를 데리고 갔어요. 나의 당나귀를. 나의 당나귀를……."

하지만 나는 그때까지도 잠에 취해 있었어. 그녀가 사라지는 모습을 물끄러미 바라보면서도 아무것도 못 하고 고개를 끄덕이기만 했지. 잠에서 깼을 땐 여자는 사라졌더군. 나는 그동안 그 오래된 기억을 꿈이라 여기며 살아왔어. 그런데 이젠 그 꿈 하나만 현실로 남고 나머지 모든 기억이 꿈속으로 가라앉고 말았네. 과거에서, 추억으로부터, 망각과 어두움 틈에서 비명처럼 들리는 당나귀 울음소리. 그리고 그녀의 웃음소리. 당나귀를 찾아야 해. 빌어먹을 당나귀를.

세상의 모든 바다

강원도 모요시의 작은 마을에 '소산'이라는 여자가 살고 있었다. 소산의 부모는 눈이 펑펑 오는 겨울 아침 예쁜 딸을 낳았다. 공주처럼 고귀한 아이에게 부모는 예쁜 이름을 지어줬다.

산아. 산아. 우리 공주님은 너무 예뻐서 많은 사람의 사랑을 받고 자랄 거야.

하지만 마을 사람들은 소산을 공주라고 부르지 않았고 예쁘다고 생각하지도 않았다. 두 눈은 미묘하게 틀어져 시선이 어긋나 있었고 진담과 농담을 구분하지 못했으며 기쁜 상황인지 슬픈 상황인지도 파악하지 못했다. 소산은 매사에 그저 기뻐하기만 했다. 덧셈, 뺄셈, 곱셈은 잘했지만 아무리 설명해도 나눗셈은 이해하지 못했다. 친구들은 혀를 내밀며 바보라고 했고 어른들은 애처로운 눈으로 가엾다고 했으며 노인들은 반쯤 감긴 눈을 힘겹게 떴다 감으며 산이 아빠가 강에서 고기 잡는 모습을 바라보면서 쯧쯧, 혀를 찼다.

이그 소가 놈 팔자도 기구하다. 저렇게 짠한 것을 데리고 어찌 사나.

하지만 소산은 즐겁게 지냈다. 친구가 없지만 외롭진 않았다. 이유를 알 순 없지만 동물들이 소산을 좋아했다. 마루에 앉아 있으면 새들이 날아왔고 산길을 걸으면 다람쥐와 토끼가 따라왔다. 사납게 짖는 개는 꼬리를 흔들었고 겁먹은 사슴은 경계를 풀고 소산에게 다가와 몸을 비볐다.

모요는 배산임수 지형에 위치한 마을이다. 맑고 차가운 강물이 흘렀고 높고 깊은 산에 비와 눈이 내렸다. 산꼭대기에 오르면 발밑으로 구름이 지나갔고 그 너머엔 넓고 넓은 바다가 끝없이 펼쳐졌다. 아름다운 마을 모요엔 관광객이 많이 찾아왔다. 예쁘다, 멋지다, 감탄을 금치 못하며 사진 찍는 사람이 많았고 먹음직스럽다, 너무너무 맛있어, 모요의 음식을 좋아하는 사람도 많았다. 간혹 아름다움에 눈이 멀어 엉엉 울거나 이유 없이 죽는 이도 있었지만 소문은 퍼져나가지 않고 안개와 바람에 사라졌다. 소산의 아빠는 강에서 민물고기를 잡았고 엄마는 매운탕을 맛있게 끓여 배고픈 손님들을 기쁘게 했다. 소산은 엄마 옆에 앉아 채소를 다듬거나 카운터에서 계산을 했다. 가게에서 뛰어노는 아이들과 놀아주거나 생각이 흐린 할머니들의 말 상대가 되어주기도 했다. 때론 혼자 온 외로운 손님과 나란히 앉아 말없이 흐르는 강물을 멍하게 바라보기도 했다.

그러던 어느 날 땅이 흔들렸다. 새벽에서 아침으로 바뀌는 미명의 시간, 고단한 모요는 깊은 잠에 빠져 있었다. 산이 무너져 바위와 흙이 쏟아졌다. 흙더미에 깔려 마을의 절반이 사라질 때까지 사람들은 잠에서 깨지 않았다. 그물을 던지러 일찍부터 강에 나간 아빠는 장화를 신은 채 집으로 달려왔다. 산 중턱에 아담하게 서 있던 소산의 집은 절반이 사라지고 말았다. 엄마는 안방에서 자고 있었고 커다란 바위가 그 위를 덮쳤다. 아무것도 모르는 열다섯의 소산이 눈을 떴을 땐 아빠의 품이었는데 아빠는 눈물을 흘리고 있었다.

아빠 왜 울어?

안 울어.

소산은 졸린 눈을 비비며 붉은 흙과 바위에 파묻혀 보이지 않는 마루와 안방을 찾으면서 말했다.

엄마는?

…….

엄마는?

엄마는…….

아빠는 한동안 딸을 꼭 껴안고 아무 말도 못 했다.

여행 갔어. 걱정 마. 기다리면 올 거야. 꼭 올 거야.

어디 갔는데?

바다.

아빠는 손등으로 눈물을 닦아내고 하늘을 바라보며 말했다.

먼 바다.

소산은 열아홉이 됐다. 8월 중순의 여름. 환한 오후가 캄캄한 먹구름에 뒤덮여 순식간에 어두워졌다. 이윽고 쾅, 하는 소리가 들리고 하늘이 쪼개지듯 비가 콸콸 쏟아졌다. 흙물이 쏟아져 내렸고 마을과 산으로 향하는 작은 오솔길은 물에 잠겨 사라졌다. 소산은 보트처럼 물 위에 떠 있는 마루에 앉아 아빠를 기다렸다. 비는 밤에도 내렸고 새벽에도 내렸고 아침까지 내렸다. 소산은 새벽의 빗소리에 스스스 잠들었고 눈을 떴을 땐 마루 앞까지 물이 차 있었다.

아빠. 아빠. 아빠아.

소산은 아무도 대답하지 않는 집에 앉아 응 우리 공주님 산이, 라고 답할 아빠의 목소리와 짠, 하고 나타날 아빠를 기다렸다. 먹구름이 산 너머로 사라지고 찬란한 햇살이 쏟아져 내렸다. 냇물은 커다란 황톳물로 변해 콰콰콰 소리를 내며 빠르게 흘러갔다. 소산은 다음 날도 그다음 날도 강변에 서서 아빠를 기다렸다. 동네 어른들이 소산을 찾아와 대뜸 껴안더니 소리 내 울었다.

불쌍한 것. 산이. 이 불쌍한 것.

쯧쯧, 혀를 차며 슬퍼해줬다. 그리고 옥수수와 카스텔라, 초콜릿 같은 것을 주고 떠났다.

감사합니다.

소산은 아빠를 기다렸다. 이따금 새들이 날아와 소산의 곁에서 한참 놀았다. 소산은 카스텔라를 뜯어 부수었다. 황금 가루를 닮은 카스텔라 부스러기를 새들은 기분 좋게 쪼아 먹었고 어두워지기 전 다시 숲으로 날아갔다.

소산의 일은 마루에 앉아 기다리는 것이었다. 날과 달은 기다림과 그리움으로만 가득 찼다. 어쩌다 견딜 수 없는 뜨거움이 마음을 짓누르면 소산은 산봉우리에 올라 바다를 봤다. 거칠게 숨을 쉴 때마다 두근두근 뛰는 심장이 느

꺼졌다. 파도를 머금은 바람이 붉게 달아오른 얼굴과 이마에 맺힌 땀방울을 닦아줬다.

바다. 먼 바다.

이렇게 중얼거리다 보면 마음을 누르던 뜨거움이 차갑고 시원한 하나의 눈 뭉치로 변하는 게 느껴졌다. 소산은 구름색 크레파스로 그린 선처럼 희미한 수평선을 바라보다가 아득하게 뭔가를 깨달았다. 그리고 어깨 위의 다람쥐에게 말했다.

아……. 알았다. 이제 알았어. 아빠는 당분간 오지 않을 거야.

다람쥐가 궁금한 눈으로 소산을 봤다.

엄마를 찾아 떠났거든. 엄마를 데리고 오려고 바다에 간 거야. 아빠는 바다, 먼 바다로 갔어.

아름답던 모요는 이제 나쁜 소문이 도는 마을이 됐다. 저주받은 땅이라고 했고 신이 버린 땅이라고 했다. 누군가 씻을 수 없는 잘못을 했고 누군가는 억울한 사람에게 상처를 췄다고 했다. 그래서 벌을 받은 거라고. 사람들은 하나 둘 마을을 떠났고 빈집엔 이사 오는 사람이 없었다. 어디 선가 찾아온 들개들이 빈방을 차지하며 밤마다 늑대처럼 우우 울었다. 개와 노인들만 남은 모요는 과거의 활기를 잃고 점점 황폐해져만 갔다.

어느 날 모요 톨게이트 요금소 징수원이 소산을 찾아왔 다. 계산을 할 수 있느냐는 물음에 소산은 답했다.

더하기, 빼기, 곱하기는 잘하지만 나누기는 어려워요.

나누기? 징수원은 잠시 고민한 뒤 말했다. 그건 괜찮 아요.

요금소 징수원은 자신의 자리를 맡아달라고 부탁했다. 오고 가는 사람이 점점 줄어들어 조만간 톨게이트가 사라 질 거라는 소문이 들렸지만 그때까지 도저히 기다릴 수 없 었다. 지금 당장 가야 할 곳이 있었고 할 수 있는 일이 필요 했다. 그래서 요금소를 떠나야 한다는 말에 소산은 어떻게 해야 할지 몰라 가만히 앉아만 있었다. 무슨 말을 해야 내

제안을 받아들일까, 생각 끝에 징수원은 말했다.

　산이 씨. 톨게이트 요금소에 앉아 있으면 아빠가 오는 걸 가장 먼저, 가장 빨리 볼 수 있어요.

　어느 순간부터 화물트럭 기사 주윤은 모요 톨게이트를 지날 때 징수원의 얼굴을 보기 시작했다. 유난히 밝게 인사하는 목소리, 이따금 요금소 창문 밖으로 얼굴을 빼 도로를 바라보고 있는 작은 얼굴과 두 개의 어긋난 눈동자. 명찰에 적힌 이름. 소산. 이상한 것은 보조석에 앉은 고양이 파스칼의 이해할 수 없는 반응이었다. 주행 내내 보조석에 엎드려 잠만 자는 파스칼이 모요 톨게이트가 보이는 도로에 들어서면 눈을 떴다. 속도를 줄이고 커브를 돌고 바퀴가 과속 방지 요철을 밟아 덜컹거리면 파스칼은 이미 주윤의 허벅지에 앉아 초조하게 창밖을 바라보고 있었다. 창문을 내리고 징수원에게 요금을 지불하는 짧은 시간 동안 파스칼은 흥분했다. 징수원이 고양아 고양아 부르면 몸을 배배 꼬고 이제껏 들어본 적 없는 소리를 내며 낑낑댔다. 파스칼의 이런 모습은 주윤에게는 놀라운 일이었다. 함박눈이 내리던 칠 년 전 겨울밤, 트럭 밑에 앉아 두려움과 추위에 벌벌 떨던 아기 파스칼을 발견했다. 그동안 파스칼은 무럭무럭 자랐고 어떤 것에도 떨지 않고 거만하고 교만하며 언제나 주윤을 깔보는 무시무시한 어른이 됐다. 때문에 파스칼이 처음 보는 사람에게 이렇게 안절부절못하며 관심을 보이는 것은 이상한 일을 넘어 신기한 일이었다.

주윤은 모요의 오래된 상점에 물품을 내려놓은 뒤 커다란 나무 그늘 아래 주차했다. 주윤은 구운 밤 껍질을 까고 파스칼은 삶은 고구마를 먹었다. 둘 다 모요 톨게이트 요금소 징수원이 준 것이다. 주윤은 가끔 수량에 집계되지 않은 초콜릿이나 사탕 같은 것을 소산에게 줬고 그때마다 소산은 맑고 고운 소리로 감사합니다, 라고 인사했다. 어느 날엔 소산이 먼저 음식을 주기도 했다. 파스칼은 소산이 주는 음식을 남기지 않고 먹었다. 흠, 주윤은 밤껍질을 창밖에 버리고 하늘을 봤다. 푸른 하늘은 맑았고 입체적인 흰 구름은 통통했다. 아름다운 오후였다. 모요가 저주받은 땅이라니, 믿어지지 않았다. 주윤은 알맞게 구워진 밤을 천천히 씹으며 방금 전 상점 할아버지와의 대화를 생각했다.

다음 날부터는 올 필요 없어요. 상점 문을 닫기로 했답니다.

아, 그런가요. 아쉬워요. 왜 문을 닫는지 여쭤봐도 될까요?

다른 이유가 있나요. 다른 사람들과 같은 이유지요. 이제 모요는 사람이 살 수 없는 곳이 되었으니 나도 더 이상 사람을 기다리며 살면 안 될 것 같습니다.

사람을 기다리며 산다, 라는 말에 주윤은 고속도로를 바라보는 요금소 징수원의 얼굴이 생각났다. 여기저기 들리는 소문을 조합해 대충 그의 사정을 알고는 있었지만 정확한 사연은 몰랐다.

어르신. 궁금한 게 있어요.

무엇인가요?

톨게이트 요금소에서 일하는 분 말입니다.

아, 산이요.

네.

그 가엾은 것.

……사연이 있나요?

그렇지 않아도 주윤은 모요의 쇠락을 피부로 느끼고 있
었다. 그 많던 상점이 다 문을 닫고 거리엔 사람이 보이지
않았다. 관광객은 오래전에 끊겼고 얼마 남지 않은 늙은
주민들도 집에서 나올 생각을 하지 않았다. 주윤은 중얼거
렸다.

이제 모요에 올 일이 없겠네. 그 사람도 더 이상 사람을
기다릴 필요가 없겠네.

주윤의 눈앞에 소산의 모습이 떠올랐다. 아무도 오지 않
는 텅 빈 고속도로를 바라보는 두 개의 까만 눈동자. 웃음
과 울음이 반씩 섞인 것 같은 묘한 미소. 그 사람은 고아인
데 자기가 고아인 줄 모른다고 했다. 죽은 엄마를 데리고
올 죽은 아빠를 기다리고 있다고 했다. 한 치의 의심도 없

다 했다. 때문에 실망도 없고 지치지도 않는다 했다. 교대해주는 마지막 징수원까지 말도 없이 사라져버려 아침이고 밤이고 요금소에 앉아 거의 살다시피 한다 했다. 보이지 않는 수평선을 보며 들리지 않는 파도 소리를 자장가 삼아 잠든다고.

이젠 기다릴 필요도 없고, 기다려서도 안 되지만 그 가엾은 것은 바보처럼 기다릴 거야. 아직 스무 살도 안 된 애가 계속 기다리다가 늙어 할머니가 되겠지. 하지만 톨게이트가 곧 폐쇄될 텐데 그것은 어디에서 아빠를 기다리려나.

주윤은 알 수 없는 답답함과 공허함에 길게 한숨을 내쉬며 시동을 걸었다. 해가 저물어가는 어두운 산과 붉게 물드는 하늘을 봤다. 파스칼은 고구마를 먹다 말고 주윤을 바라보고 있었다. 주윤의 생각을 다 알고 있다는 듯이. 그래서 자신에게 고구마를 주는 그 좋은 사람을 더 이상 볼 수 없으리라는 것을 알게 되었다는 듯이. 마음 약한 사람이 실망을 이기지 못해 우울이 얼굴에 내려앉듯 파스칼의 표정이 딱 그랬다.

파스칼. 너 아쉽겠다.

파스칼은 슬픈 얼굴로 앞 유리창을 바라보고 있었다. 주
윤은 속으로 조용히 셈을 했다. 살아 있었다면, 비슷한 또
래일 것 같았다. 겨울에 태어나 봄과 여름 그리고 가을까
지만 살다 간 아이. 내 배 속에서 살았던 날보다 짧게 살다
간 아이. 강에 뿌렸고 그 물길을 따라 바다에 도착했을 때
몇 번이고 저 바다로 걸어 들어가고 싶은 충동을 참아야
했던 시절들. 그 후로 바다에 가지 않았다. 너무 보고 싶지
만 보러 가면 안고 싶을 것 같았다. 물속으로 들어가고 싶
어 손과 발이 저릴 것만 같았다.

조심히 운전하세요.

감사합니다.

주윤은 출발하지 않고 잠시 가만히 있다가 열쇠를 왼쪽
으로 돌려 시동을 껐다. 엔진이 꺼지자 사방이 조용해졌
다. 들어오는 차도 없고 나가는 차도 없는 톨게이트. 그 순
간의 느낌은 반달이 뜬 고요한 강 위의 나무배에 앉아 있

는 것 같았다. 주윤은 창문을 활짝 열었고 소산에게 잠깐 이야기 좀 하자 했다. 소산은 활짝 웃으며 좋아요, 라고 답했다. 갑자기 파스칼이 열린 창문을 훌쩍 뛰어넘어 요금소 안으로 들어갔다. 주윤은 덩흥헀으나 기분이 좋아졌고 다시 시동을 걸어 후진해서 요금소 옆 갓길에 트럭을 주차했다.

소산과 주윤. 그리고 파스칼은 새벽내 함께 놀았다. 이야기를 했고 음악을 들었다. 달이 지나는 깨끗한 밤. 구름이 지나는 캄캄한 밤. 밤새가 놀러 왔고 눈이 반짝이는 야행성동물들도 놀러 왔다. 들개들도 놀러 왔고 커다란 뿔이 달린 수사슴도 놀러 왔다. 톨게이트의 밝은 불빛 아래 다들 피곤한 기색도 없이 각자의 재미를 따라 놀았다. 어떤 이는 달리기를 하고 어떤 이는 서로의 말을 알아듣지도 못하면서 말을 했고 어떤 이는 서로의 몸에 머리를 대고 눈을 감았다. 파스칼은 계속 따라다니는 다람쥐를 피해 도망다니다가 지쳐 아스팔트에 배를 깔고 누워 다람쥐가 자신의 털을 마음대로 만지도록 내버려뒀다. 주윤이 소산에게 말했다.

그러니까 산이 씨는 아버지를 기다리고 있다는 말씀이시네요.

네. 엄마도 함께요.

음…… 엄마는 바다에 갔고 아빠도 엄마를 찾아 바다에 갔다는 말씀?

네. 아빠가 엄마를 금방 데리고 온다고 했어요.

주윤은 자신과 대화하고 있는 이의 눈동자가 한쪽은 자신을 향해 있지만 다른 쪽은 미묘하게 도로를 향해 있다는 것을 깨달았다. 이 사람은 정말 한순간도 쉬지 않고 오지 않을 사람을 기다리고 있구나. 올 수 없는 사람을 기다리고 있구나.

모요를 떠나본 적이 있나요?

소산은 말없이 고개를 저었다.

모요를 떠날 생각은 있나요?

소산은 고개를 푹 숙이고 작은 소리로 말했다.

아빠를 기다려야 해요.

그럼 기다리지 말고 산이 씨가 아빠를 찾아가세요.

네?

아빠를 찾는다면서요.

네.

아빠가 바다에 갔다면서요.

네.

그럼 바다에 가면 되잖아요.

소산은 어려운 셈을 하듯 심각한 표정으로 아스팔트 길을 바라봤다. 맞는 말도 같고 아닌 것도 같고 너무 어려웠다.

어렵게 생각하지 마세요. 엄마가 아빠를 찾아갔듯 산이 씨도 아빠를 찾아가면 됩니다.

어떻게요?

주윤은 손을 들어 트럭을 가리켰다. 그 순간 파스칼이 일어나 뚜벅뚜벅 걸어와 주윤의 곁에 앉아 무심히 소산을 바라봤다. 주윤이 말했다.

저는 세상의 모든 바다를 갈 수 있어요. 바다로 향하는 모든 톨게이트를 알고 있지요. 이 톨게이트를 지나 저 톨게이트를 통과하면 이 세상은 저 세상으로 변한답니다.

소산은 자리에서 일어섰다. 그리고 요금소에 들어갔다. 복잡한 버튼을 하나둘 누르기 시작했다. 모요 톨게이트의 불이 하나둘 꺼졌다. 마침내 마지막 등까지 꺼진 모요 톨게이트는 물속에 잠긴 작은 집처럼 푸르고 고요해졌다. 분주하던 동물들이 먼 곳에서 들리는 종소리에 반응하듯 제자리에 앉아 불 꺼진 톨게이트와 그 너머에 펼쳐진 밤의 별자리를 바라봤다. 소산이 말했다.

가요. 지금.

지금요?

네. 지금.

그래요. 갑시다.

어디로 갈 거죠?

바다로 가야죠. 먼 바다로 가야죠.

좋아요.

트럭을 향해 파스칼이 앞장섰고 그 뒤를 주윤이 따랐다. 소산은 낙서로 가득한 자신의 소중한 노트와 구운 밤과 고구마를 가방에 넣은 뒤 다람쥐, 사슴, 새, 개를 차례로 껴안아주며 아주 작은 소리로 속삭였다. 무슨 말인지 별도 달도 알 수 없었지만 동물들은 행복해했고 어떤 동물은 소리를 내며 울었다.

트럭의 헤드라이트가 깜깜한 아스팔트에 두 개의 빛기둥을 만들어냈다. 주윤은 옆 좌석에 앉은 소산의 헝클어진 머리를 만졌다. 빗으로 곱게 빗고 하나로 모아 고무줄로 단정하게 묶었다. 머리를 묶은 소산은 갑자기 용감해진 듯 총명한 눈을 크게 떴다. 트럭은 출발했다. 주윤은 빛이 비추는 도로를 바라봤고 소산은 단정하게 앉아 떨리는 눈으로 모요의 어두운 산을 바라봤고 파스칼은 새 친구의 무릎에 앉아 길게 하품을 한 뒤 곧 눈을 감았다.

두 남자

오전 7시 강릉발 광주행 버스에 탑승했다. 운전기사는 표를 내밀고 있는 나를 멍하게 바라봤다. 그는 잠시 그렇게 있더니 눈을 빠르게 깜박거리고 승차 표의 절반을 뜯어 냈다. 승객은 나 혼자였다. 나는 17번 좌석 창가 자리에 앉았다. 두 달 전 강릉으로 향하는 마지막 버스의 맨 뒷좌석에 앉아 5시간 반 동안 고속도로를 달렸던 게 생각났다. 꽤 긴 시간이었고 한잠도 이루지 못했는데 그때 기억은 어째서인지 하나도 없다. 모니터 같은 까만 창문을 통해 구덩이 같은 암흑만 꾸역꾸역 밀려들었다. 터널을 통과할 때 차창에 순간적으로 반사된 공허한 내 얼굴이 보이면 고개를 돌렸던 것만 생각났다. 반쯤 닫힌 커튼을 활짝 열고 의자를 뒤로 젖힌 뒤 잠을 청했다. 버스는 7시 3분에 출발했다.

왼쪽 창문에서 들어온 햇살이 오른쪽 창문을 뚫고 나갔다. 버스가 길고 가는 빛줄기에 꿰뚫린 것 같았다. 평소 같았으면 커튼으로 창문을 막았을 텐데 내버려뒀다. 빛이 닿는 기분이 나쁘지 않았다. 눈을 감았다. 눈꺼풀 바깥에 햇빛이 어른거렸다. 눈알이 더운물에 잠긴 것처럼 따뜻해지며 기분 좋은 따가움이 느껴졌다. 눈 감은 채로 생각했다. 광주에 도착하면 어떻게 해야 할까. 정연을 만나러 나주에 가야 할까. 아니면 정연의 어머니를 찾아가야 할까. 발인을 지켜보지 못하고 버스에 올라탔다. 충동적인 행동이었으나 그것을 삶으로 삼기로 마음먹었다. 휴게소에서 휴대전화를 버렸고 누구에게도 연락하지 않았다. 강릉의 낯선 마을에서 낯선 사람으로 두 달을 살았다. 그랬는데 정연의 어머니로부터 메일이 왔다.

'나주에 뿌렸어. 네 탓 아니야. 보고 싶구나. 연락 줘. 꼭.'

잠이 드는 순간까지 '네 탓이 아니야'라는 말을 입술에 머금고 웅얼거렸다.

급브레이크. 앞으로 쏠리는 섬뜩함에 잠에서 깼다. 상체를 조금 일으킨 뒤 눈을 가늘게 뜨고 창밖을 바라봤다. 고속도로는 한산했다. 사고가 났다거나 특이한 문제는 없어 보였고 버스도 계속 잘 달렸다. 시간을 확인했다. 7시 30분. 앞에 차가 있는 것도 아닌데, 돌발 상황이 생긴 것도 아닌데, 버스는 자꾸 브레이크를 밟았다. 속력이 갑자기 빨라지고 느려지는 불쾌한 느낌. 눈을 꾹 감았다. 그러나 더 이상 잠은 오지 않았다.

7시 55분. 버스는 휴게소에 들어갔다. 요의가 느껴지지 않고 딱히 뭘 먹고 싶은 생각도 들지 않아 그냥 좌석에 앉아 창밖을 봤다. 조악하게 꾸며놓은 연못 앞에 기사가 앉아 있었다. 그는 하늘을 향해 고개를 든 채 눈을 꾹 감고 있었다. 잠을 자는 것 같기도 했고 해바라기를 하는 것 같기도 했다. 귀밑머리와 정수리 부분이 하얬다. 미간이 깊고 볼이 홀쭉했다. 시름이 깊어 보이고 낯빛도 어두웠다. 쉰? 쉰다섯? 그쯤 돼 보였다. 8시 15분. 시간이 야간 길어지네. 기사는 조각상처럼 그 자세 그대로 꼼짝도 안 했다. 잠들었나? 깨워야 하는 걸까? 고민이 되던 찰나 그가 서서히 눈을 떴다. 버스는 다시 출발했다. 나는 약간 불안해졌다.

그는 베테랑일 것이다. 고속버스 운전대를 잡기 위해서는 그래야 한다고 들었다. 시내버스와 여객 버스를 운행하며 경력을 쌓아야 하고 사고가 있거나 불미스러운 일이 있어서도 안 된다고 들었다. 그게 어디 그렇게 쉬운가. 그러나 이런 생각들은 나를 조금도 진정시켜주지 못했다. 내가 예민한 거겠지. 버스는 자꾸 차선을 밟았고 커브를 돌 땐 지나치게 가드레일에 가까이 다가갔다. 1차선에서 너무 느리게 주행한 탓에 뒤차가 자꾸 추월했다. 그럴 때마다 기사는 브레이크를 밟았다. 불안을 감지한 몸은 굳고 마음은 점점 날카로워졌으며 심장도 빠르게 뛰기 시작했다. 버스는 다시 휴게소에 들어갔다. 9시 20분. 그러니까 버스는 2시간 20분 사이에 휴게소에 두 번 들른 것이다. 기억이 맞는다면 광주에서 강릉을 갈 때 버스는 두 번 쉬었다. 같은 계산을 적용한다면 앞으로 3시간 10분 동안 버스는 쉬지 않고 달려야 한다. 나는 괜히 스트레칭을 하는 척하면서 기사가 보이는 벤치에 앉았다. 그는 웅크리고 앉은 자세로 고개를 푹 숙이고 있었다.

버스는 다시 출발했다. 나는 18번 좌석으로 옮겨 앉아 통로에 고개를 내밀고 룸미러로 기사를 관찰했다. 거울에 그의 이마와 짙은 눈썹, 충혈된 눈과 두툼한 눈 밑 살이 보였다. 그는 느리게 눈을 깜박였다. 정말이지 너무도 느리게 눈꺼풀을 들어 올렸다. 힘겨워 보였다. 강릉 터미널에서의 나는 슬프고 부드러운 어떤 감정에 휩싸여 있었다. 그런데 그 느낌은 몇 시간 만에 알코올처럼 휘발되어 모두 사라졌고 지금은 단단하고 뾰족한 바늘이 몸과 마음을 콕콕 찌르고 있었다. 초조했고 불안했으며 몹시 두려웠다. 버스는 또 휴게소에 들어갔다. 세 번째다. 버스는 보란 듯이 주차선을 밟고 멈춰 섰다. 기사는 이번엔 뒤를 돌아보고 고개를 숙이며 양해를 구했다.

"죄송합니다. 한 번만 더 쉬었다 가죠."

나는 말없이 고개를 끄덕였다.

기사님. 운전 제대로 하세요. 승객을 불안하게 만들면 되겠습니까? 도대체 왜 그러시는 겁니까? 정신 좀 차리세요. 이렇게 말하고 싶었지만 그러지 못했다. 용기가 없기도 했지만 어째서인지 그를 자극하면 안 될 것 같았다. 대신 초콜릿 아이스크림을 사서 건넸다. 기사는 민망한 얼굴로 그것을 받았다. 그는 아이스크림을 입에 물고 바지 주머니에서 휴대전화를 꺼내 물끄러미 보다가 다시 집어넣었다. 연락도 없는데 그러기를 몇 번이고 반복했다. 그에게 말을 걸었다.

"피곤하시죠? 운전이 보통 힘든 게 아닌데……. 고생 많으십니다. 강릉에서 광주까지 5시간 반 걸리죠? 멀긴 머네요. 이렇게 휴게소를 세 번이나 들르는 건 처음이에요."

그는 대뜸 고개를 폭 숙이며 답했다.

"미안합니다."

"아닙니다. 아니에요. 그런 뜻이 아니라."

"오늘 이상하네. 영 힘들어. 손님 바쁘실 텐데…….. 냉큼 내려가겠습니다."

그랬는데 더 불안해졌다. 30분 정도 잘 달리는 것 같더니 뜬금없이 그는 울기 시작했다. 살짝 눈물이 비치는 게 아니라 볼을 타고 줄줄 흘러내리는데 그는 눈물을 닦아내지도 않았다. 눈물이 흐르고 있다는 것을 모르는 것 같았다. 당황한 나는 고민 끝에 2번 좌석으로 자리를 옮긴 뒤 말했다.

"기사님. 죄송한데요. 제가 화장실이 급해서 휴게소 좀 들러주세요."

백양사 휴게소. 광주에 도착하기 전 마지막 휴게소라 광주행 버스가 이곳에 들를 일은 없다. 그런데 어쩌겠는가. 기사가 저리도 서럽게 엉엉 우는데. 우리는 전화박스 앞 플라스틱 의자에 앉아 있다. 그는 화장지를 단정하게 네 번 접어 손수건처럼 만들어서 눈가를 꾹꾹 눌렀다. 간간이 코를 훌쩍거리기도 했다. 그가 말했다.

　"손님. 궁금한 게 있는데요. 요즘 젊은 사람들은 헤어지면 어떻게 합니까?"

　"네?"

　"그러니까. 여자가 헤어지자고 하는데 나는 헤어지고 싶지 않거든. 그럴 때 어떻게 해야 하냐고."

　"그게 뭐…… 방법이 있나요. 헤어지고 싶지 않으면 헤어지지 말아야죠. 그런데 그쪽에서 헤어지고 싶어 하면 그것 역시 방법이 없는 거고. 하지만 방법이 없다고 해서 마음이 또 막 정리되는 것도 아니고. 그러면 또 방법이 없고……. 어렵네요."

　횡설수설했다.

"그렇겠지요? 하아…… 내가 지금 나이 처먹고 이게 뭔 지랄인지. 내가 미워죽겠대. 계속 연락하면 나를 죽일 거래. 미친 거지. 미친 거야. 어떻게 그런 말을 할 수가 있지? 그런데 나는 걱정이 돼서 죽겠어. 연락을 안 하고 싶은데 나도 눈 딱 감고 헤어지고 싶은데 그럴 수가 없어. 어제도 밤새 그 사람 집 앞에 앉아 있었거든. 그런데 독한 사람이 한 번을 밖에 안 나와. 그 사람 창문 앞에 서서 죽여, 나와서 나를 죽이라고! 소리까지 지르고 왔네."

차라리 나를 죽여. 그건 내가 정연에게 한 말이다. 자꾸 죽고 싶다고 하니까 그렇게 말한 건데 정연은 내 말을 듣지 않았다. 네가 죽으면 나도 죽을 거라고 진지하게 협박 아닌 협박을 했는데 정연은 멋대로 죽어버렸다. 정연은 알았을까? 내가 따라 죽지 않을 것을. 아니면 지금 서운해하고 있을까? 내가 따라 죽지 않아서.

"그래도 그분 멋지네요. 기사님을 죽여버리겠다고 하다니."

"그게 뭐가 멋져?"

"자기가 미워서 스스로 죽는 사람도 있어요."

그는 나를 물끄러미 바라보다가 중얼거렸다.

"그러면 안 되지."

그는 눈을 끔벅끔벅 깜빡이더니 목소리에 힘을 주고 다시 말했다.

"그러면 안 돼."

그 순간 나주에 가야겠다고 생각했다. 어머니보다 정연을 만나는 것이 먼저일 것 같았다. 내가 가면 정연이 싫어할 것 같지만 그래도 거기부터 가야겠다고 생각했다. 미안하다고 말할 것이다. 그리고 나도 사과를 받아야겠다.

버스는 다시 출발했다. 광주 톨게이트를 통과할 때 기사의 눈과 내 눈이 룸미러를 통해 마주쳤다. 기사가 눈으로 살짝 웃으며 말했다.

"손님. 미안해요. 기사가 이러면 안 되는데. 내가 운전대 잡은 지 이십오 년이 넘었는데 이런 날은 처음이야. 정말로 처음이야."

나는 고개를 통로 쪽으로 쭉 빼고 답했다.

"괜찮습니다. 그럴 만해요. 기사님, 포기하지 마세요."

그는 말했다.

"나 포기 안 해. 한숨 돌리고 다시 올라가야지. 손님도 일 잘 보고 그 뭐냐…… 나쁜 생각 하지 말고. 알았지? 절대로 그러면 안 돼."

나는 말없이 고개를 끄덕였다.

터미널에 도착한 시각은 2시였다. 원래는 12시 30분에 도착해야 하는데 1시간 반이 더 걸렸다. 우리는 인사하고 헤어졌다. 기사는 헛! 헛! 소리를 내며 팔 벌려 높이 뛰기를 했고 나는 잠시 서 있다가 매표소를 향해 걸음을 옮겼다. 나주에 갈 것이다.

겨울 산

　막막하고 하염없어도 눈을 미워하는 사람은 되지 말아
라. 눈과 비는 빛과 함께 하늘에서 내리지. 천국은 이런 것
들로 이루어져 있는 거야. 좋은 곳에 있으니 슬퍼 말고 언
젠가 그날이 오면 기쁘게 나를 만나러 오렴.

　잠에서 깬 둘째는 조금씩 몸을 움직여 침대에서 일어났
다. 몸속의 물이 얼어붙었던 걸까. 쩍쩍 얼음 갈라지는 소
리가 났다. 팔목과 발목, 어깨와 허리에서 느껴지는 통증.
둘째는 신음 같은 숨을 길게 내쉬며 말했다.

　막막하고 하염없다.

　꿈속 엄마의 말이 꿈 밖에서도 들리는 걸까. 둘째는 두

려운 눈으로 주위를 두리번거리다 졸린 눈을 비비며 느리게 걸어 셋째와 첫째의 침대 사이에 섰다. 첫째는 벽을 보고 웅크렸고 셋째는 이불을 머리끝까지 올리고 반듯하게 누워 있었다. 고요하다. 둘째는 첫째의 머리 쪽으로 몸을 숙이고 귀를 기울였다. 기도를 드나드는 투명한 숨. 더운 피가 만드는 작은 열. 둘째는 안도하며 고개를 돌려 다른 침대를 봤다. 기척을 느낀 셋째가 인상을 찌푸리며 이불을 끌어당겼다.

잘게 쪼개진 장작 두 개를 벽난로에 넣고 재가 날리지 않을 정도로 약한 바람을 불어 넣었다. 숯불 속에 숨었던 불이 빛을 내며 나무로 옮겨 갔다. 커튼을 걷었다. 맹렬하게 돌진하는 광선으로 눈 감을 수밖에 없는 아침이었다. 둘째는 창가에 기대어 서서 눈을 가늘게 뜨고 어제와 같고 어쩌면 내일과 같을 설경을 봤다. 골짜기 사이 태양이 떴고 구름 한 점 없이 하늘은 열려 있었다. 찬란한 햇빛 사이로 소리도 없이 수수수 내리는 눈. 옥수수 가루처럼 곱고

가벼운 것들. 하얗고 투명하지만, 결국엔 모든 숨을 앗아가는 차가운 칼날과 바늘들.

뜨거운 물에 말린 쑥 한 스푼을 넣었다. 검게 부스러진 가루가 물기와 열기에 몸을 바꾸며 조금씩 우러났다. 풀색과 흙색이 반반 섞인 투명한 물. 새를 쥐듯 컵을 두 손으로 감싸 쥐고 호흡했다. 건조한 겨울 공기 속으로 퍼지는 미약한 봄의 냄새. 쑥차에서는 예전처럼 강한 냄새가 나지 않았다. 하지만 그 냄새에 매달려 과거로 걸어가고 싶었다. 엄마가 있고 꽃이 피고 푸른 평원이 있던 봄의 산. 몇 번이나 마실 수 있을까. 그 전에 봄이 올까. 둘째는 의자에 걸터앉아 벽에 걸린 엄마의 털모자를 보며 마지막 봄이 언제였는지 헤아렸다. 달군 철판 위에 쑥을 덖고 바람에 말리고 다시 철판에 올려 덖는 것을 몇 번이고 반복하던 엄마에게 물었다.

왜 그렇게 오래 하는 거야.

물기가 없어야 해. 그래야 시간을 견딜 수 있단다.

왜 이렇게 많이 만드는데.

겨울은 기니까.

엄마는 창고 한 면을 가득 채울 정도로 많은 통에 말린 차와 꽃을 저장했다. 긴 겨울 동안 평생 마셔도 부족함이 없을 것 같던 쑥과 꽃이 다 사라졌다. 엄마는 알았다. 겨울이 이토록 길 것이라는 것을. 둘째는 몰랐다. 평생보다 긴 시간이 있다는 것을. 둘째는 마지막 통 속에 반쯤 남은 까만 쑥을 보며 시간의 끝을 예감했다. 첫째가 식탁 맞은편 의자에 앉으며 말했다.

춥다. 나무를 해야겠어.

*

셋째가 말했다.

다 떠났겠지? 사람들 본 지 오래됐네.

첫째가 답하고 잠시 뒤 혼잣말처럼 중얼거렸다.

우리만 남았겠지…… 모두 다른 산으로 떠났을 거야. 겨울만 계속되는 곳에 누가 있고 싶겠어. 안 그래?

첫째가 둘째를 봤지만 둘째는 말없이 음식만 만들었다. 감자를 삶고 씨앗에서 짜낸 기름을 두른 냄비에 말린 고기를 넣어 볶았다. 오래 끓여 끈적한 옥수수죽은 그릇에 옮겨 담았다. 셋은 조용히 식사했다. 그동안 누누누 새가 울고 큰 바람에 문이 덜컹거렸다. 셋째가 감자 껍질을 까다 말고 말했다.

이야기 노인. 그 사람도 떠났을까?

둘째는 잠시 생각에 잠겼다. 언덕 세 개를 넘어야 만날 수 있던 노인. 세상의 모든 장소와 모든 날씨, 모든 사람과 동물과 나무와 새의 이름을 알던 이야기의 마법사. 그의 이야기를 듣다 보면 몇 번이고 달이 차고 기울어도 졸리지 않았다. 신기하게 배도 고프지 않았다. 이야기에 정신이 팔려 있는 동안 엄마는 계곡과 골짜기, 동굴과 무덤을 찾아다녔다. 그때는 엄마가 무엇을 찾고 있는지가 궁금했는데 생각해보면 엄마는 무엇을 찾던 것이 아니라 여기 아닌 어딘가를 찾고 있었던 것 같다. 거기가 어디인지 알 수 없지만, 엄마는 분명히 거기에 있을 거다. 엄마만 아는 거기에 혼자. 앞으로도 혼자. 영원히. 첫째가 말했다.

아니. 그 노인. 지금도 돌멩이 무덤 옆 그 의자에 앉아 있을 거야. 하지만 죽었겠지. 어깨와 머리에 눈이 쌓이고 또 쌓여 무덤인지 바위인지 구분이나 할 수 있을까?

나. 거기 가고 싶어.

셋째의 말에 첫째는 쓸쓸하게 웃었다.

그 노인보다 우리가 더 노인이 됐어. 제대로 걷지도 못하면서 어떻게 가겠다는 거야.

첫째는 그렇게 말한 것을 후회했다. 셋째의 얼굴이 어두워졌다. 그렇지 않아도 자꾸 엄마를 찾으러 가겠다, 엄마의 소리를 들었다, 계속 살아야 할 이유가 없다, 굶주린 동물의 먹이가 되고 싶다, 입만 열면 슬프고 힘든 말만 했다. 그 말을 듣고 있으면 첫째의 마음도 슬퍼졌고 그만큼 힘들어졌다. 긴 겨울 동안 셋째의 마음은 갈라지고 부서졌다. 이마에 주름이 잡히듯 마음과 감정에도 주름이 생겼다. 책상에 단정하게 앉아 해가 뜨고 별이 질 때까지 글을

썼던 셋째. 이야기 노인과 엄마의 말을 한 문장도 놓치지 않고 종이에 옮겨 적어 평생 읽어도 다 읽어낼 수 없는 책을 만들어내던 영민한 셋째는 이제 아무것도 적지 않는다. 책상 위엔 추상적인 낙서가 가득한 노트만 펼쳐져 있을 뿐이었다. 셋째가 어두운 마음을 표정과 말로 내비칠 때마다 첫째와 둘째는 어찌할 방법을 찾지 못해 먼 곳만 바라봤다.

나무해 올게.

첫째는 자리에서 일어나 외투를 걸쳤다.

*

얼마 전 곰을 봤어. 저기 저 언덕.

첫째가 손으로 가리킨 곳엔 새까만 바위와 북쪽을 향해 몸통이 구부러진 침엽수 한 그루가 서 있었다. 눈 쌓인 언덕 꼭대기 한 부분에만 눈이 없었다. 무엇인가가 오랫동안 눈을 맞고 서 있다가 어디론가 사라진 그림자 같은 자리.

크고 늙은 곰이었지. 온몸이 먹처럼 검은데 등만 하얗더라고. 저기에 서서 나를 이렇게 보고 있었어.

첫째는 굽은 허리를 쭉 편 뒤 고개를 숙이고 발등을 바라봤다. 물속에 고기가 있나 물끄러미 바라보는 아이의 눈처럼 깊고 집요한 눈동자.

겨울잠에서 깼나 보다.

힘들었겠지. 이렇게 긴 겨울 동안 잠든다는 것. 죽는 것과 다르지 않을 테니까.

내려오지는 않았어?

마음만 먹으면 그랬겠지만 오지 않았어. 나를 먹고 싶어하는 것 같지도 않았고. 이상하게도 알겠더라고. 곰의 마음이랄까. 곰도 내 마음을 아는 것 같았고.

첫째는 해가 지는 서산을 보며 중얼거렸다.

한 줌 남은 힘을 다 걸고 사냥을 할지, 남은 힘을 아껴 다시 동굴로 들어갈지, 고민이 됐을 거야.

너라면 어떻게 하겠니?

글쎄. 모르겠네. 그런데 곰 걱정 할 때가 아니야. 창고가

비었어. 장작도 없고. 우리는 늙었고.

곰은 한참 동안 나와 이 집을 바라보다 사라졌어. 그때부터 지금까지 걱정으로 잠이 안 와. 곰이 여길 습격할까 봐 걱정이고 곰이 굶어 죽을까 봐 걱정이고.

잘 자던데.

곰이 오면 물리칠 수 있을까?

첫째의 질문에 둘째는 말없이 무릎을 매만졌다. 첫째가 말했다.

지쳤어. 죽겠다고 하는 셋째를 더는 못 막겠어. 마음은 여전히 막고 있는데 몸이 움직이질 않아. 더 살 이유를 알려달라는데 이유는 모르겠고 차라리 죽는 게 낫겠다는데 그것도 맞는 말이라 할 말이 없어. 하지만 얼어 죽을 수는 없으니까 뭐든 해야지.

첫째는 지게를 졌다. 오른손엔 손도끼를 들고 왼손으로는 지팡이를 짚었다. 느리게 산길을 향해 걷는 구부정한 노인을 둘째는 물끄러미 바라봤다. 말리고 싶었지만 말릴 수 없었다. 불이 필요했다. 사는 게 뭐라고, 하루라도 더 살려면 잿더미 속에 던질 무엇인가가 필요한 법이다. 둘째는 나무토막처럼 딱딱하고 건조한 자신의 왼팔을 오른팔로 똑 부러뜨려 벽난로에 넣고 싶었다. 둘째는 작아지는 뒷모습을 향해 말했다.

조심하고.

이제 해는 질 것이다. 지는 해는 노랗고 그 빛은 따뜻하고 예뻐 보인다. 둘째는 셋째의 신발 위에 동그랗게 고여 있는 햇빛을 봤다. 수저로 뜨면 떠질 것 같고 손가락을 대면 손끝에 묻을 것 같다. 빛을 마실 수 있다면, 빛을 옮길 수 있다면, 얼마나 좋을까. 저걸 두 손에 가득 담아 슬픈 셋째의 입술에 흘려 넣어주고 아픈 첫째의 허리에 더운 열기를 전하고 싶다. 하지만 가증한 저 빛. 겨울의 차가운 눈과 얼음을 조금도 녹이지 못한다. 해가 졌다. 산과 하늘과 마당과 지붕과 창문과 언덕과 나무와 바위. 순식간에 잿빛으로 변했다.

*

　책상에 앉은 셋째는 눈을 감았다. 아무도 없는데 엄마의 말이 들린다. 옆방에 있는 것 같다. 식탁 의자에 앉아 있는 것 같다. 가사 없이 흥얼거리는 허밍 소리가 얼음 밑을 녹이고 흐르는 물소리처럼 들린다. 셋째는 그것이 힘들다. 들리지 않아야 할 것이 들리고 보이지 않아야 할 것이 보이고 생각하면 안 되는 것만 생각나고 원치 않은 예감과 예상으로 눈앞은 캄캄하다. 헛되이 결심하고 그 결심을 포기하는 무수한 날들. 잠들고 깨는 것 사이에 그 어떤 차이도 없다. 과거는 기억에 따라 얼마든지 바뀔 수 있고 시간은 기분에 따라 한없이 늘어나거나 얼음처럼 결빙된다. 더 쓸 것이 없다. 새롭게 생각나는 것도 기억나는 것도 없다. 읽고 또 읽어 구멍 난 종이처럼 변한 옛날. 기어서라도 저 언덕과 언덕과 언덕을 넘어 이야기 노인을 만나고 싶다. 그는 나를 알아볼 수 있을까? 자신보다 더 늙어버린, 한때는 아이였던 나를. 엄마의 말. 우리의 시간. 내 마음. 겪은 것들. 비밀과 사실과 거짓들. 들었던 이야기. 이야기의 시작과 끝. 전후에 남은 부스러기 같은 이야기의 얼룩들. 다 썼고 다 말해버렸다. 이제 쓸 수 있는 건 쓸 것이 없다, 라는 문장뿐이다. 하지만 다시 써보는 이야기 하나. 셋째는 어지러운 노트를 덮고 아무것도 적히지 않은 새 노트를 꺼내 첫 장을 펼쳤다.

겨울 나라 어느 작은 마을에 영원이라는 이름의 새가 살았습니다. 영원은 겨울바람을 타고 이 바다와 저 바다를 건너고 세계에서 가장 높은 나무를 오르는 자유로운 새였죠. 그러던 어느 날 영원은 세 아이를 낳게 됩니다. 아픔이라는 것을 몰랐던 영원은 자신을 꼭 닮은 세 아이를 낳는 동안 처음으로 눈물을 흘리게 됩니다. 바닥에 놓인 세 개의 물방울들. 영원은 그것들을 돌멩이처럼 버리고 떠나고 싶었지만 그럴 수 없었다고 해요. 거품처럼 작고 얼음처럼 반짝이며 물처럼 투명한 아이들이 너무 아름다웠던 거예요. 이 세계가 아닌 다른 세계에서 내리는 나의 눈송이들. 영원은 아이들과 함께 살기로 결심했어요.

✦

셋은 각자의 침대에 누웠다. 벽난로의 불은 평소보다 크고 뜨겁게 타올랐다. 간만에 감도는 훈기 속에서 셋째가 말했다.

언제였더라. 골짜기 어디에서 들려오던 나팔 소리 기억나?

기억나지. 엄마가 그 소리 좋아했지. 엄마가 좋으면 우리도 좋았고.

그 멜로디 생각나?

둘째가 허밍을 하기 시작했다. 높은음은 올라가지 않아 몇 마디는 멜로디 없이 숨소리만 들렸다.

첫째와 셋째가 눈을 감고 둘째의 연주를 들었다. 첫째가 말했다.

우리 이제 몇 살일까?

글쎄. 모르겠네. 봄 없이 겨울만 계속되는 세계에서는 나이도 멈추는 거 아닐까?

그런데 우리는 계속 늙고 있잖아.

모르겠다. 자자.

문단속은 했어?

둘째가 말했고 첫째가 답했다.

걱정 마. 아까 곰 만났는데 우릴 먹을 생각이 없대.

그렇게 말했어?

응. 그냥 떠나겠대.

다른 산으로?

아니. 겨울 산 가장 깊은 곳으로.

첫째의 말에 둘째와 셋째는 아무 말도 하지 않았다. 가장 깊은 곳. 들어갈 수는 있지만 되돌아올 수는 없는. 환하게 빛나는 겨울의 동굴. 긴 침묵을 깨고 셋째가 말했다.

나는 엄마가 돌아올 거라고 생각해. 죽지 않았을 거야.

엄마는 얼음이 됐어. 우리는 그걸 봤고 그 얼음 위에 눈이 쌓이는 것도 봤지. 나중에는 숲속의 나무 중 하나가 되어 구분할 수도 없었잖아.

그걸 죽음이라고 할 수 있어?

첫째와 둘째는 아무 말도 하지 않았다. 밤새가 우는 소리. 차고 단단한 별이 부서져 내리는 소리. 들리고 들렸다. 셋째가 말했다.

나 요즘 엄마의 목소리가 들려.

첫째가 말했다.

나는 종종 엄마를 만나. 그것이 진짜가 아니라는 것을 알기에 봤다고 말은 안 했지만 본 건 본 거니까.

둘째가 물었다.

어땠어?

뭐가 어때. 똑같지.

그래? 어떡하지. 우리가 엄마보다 훨씬 늙었겠다. 누가 보면 엄마가 우리 딸인 줄 알겠네.

끔찍한 소리 그만하고 이제 진짜 자자.

첫째의 말에 둘째와 셋째는 입을 다물고 호흡을 골랐다.

첫째가 말했다.

그래도 혹시 모르니……. 인사할게.

고마웠어.

셋 중 하나가 말했다.

시끄러워. 청승맞게 밤마다 이게 뭐야……. 미안했어.

둘째가 말했다.

엄마가 들려줬던 말 들려줄까? 눈을 미워하는 사람은 되지 말아라. 막막하고 하염없어도 슬퍼 말고.

둘 중 하나가 말했다.

묘하게 다른데. 그 말 우리 다 들었잖아. 어딘지 모르게 달라. 기쁘게 만나자는 말도 있었던 것 같아.

다른 하나가 말했다.

아무튼 나중에 반드시 만나자는 말이었어.

잠들기 직전 어둠 속에서 누군가 말했다.

내일 이야기 노인 만나러 갈까?

잠꼬대 같은 대답들.

가볼까?

가보자.

종이들

무역학과 행정조교 정원 씨는 파기할 문서 박스를 들고 미디어 콘텐츠실에 들어갔다. 한때 최첨단 멀티미디어 세계를 이끌어갈 비전으로 반짝였던 공간은 기계들의 무덤으로 변했다. 더는 사용하지 않는 데스크톱과 모니터로 가득 찬 세계는 그 어떤 폐허보다 낡고 누추해 보였다. 책상에 박스를 내려놓자 뿌옇게 먼지가 날렸다. 정원 씨는 잠시 숨을 참고 창틈으로 비친 두 줄기 태양광선 속에서 어지러이 휘도는 입자들의 움직임을 지켜봤다.

정원 씨는 추진 계획서와 교육 개발 보고서의 스테이플

러 심을 뜯어내고 한 장씩 파쇄기에 집어넣었다. 시끄러워라. 소리들. 빨리 달라, 재촉하는 교무처 전화. 신경 쓸 필요 없어, 무작정 기다리라는 학과장. 둘 사이에 서서 정원 씨는 벽을 바라보기로 했다. 벽을 깎아 시큰둥한 표정의 얼굴을 만들었다. 그의 마음을 헤아려볼까. 벽 뒤의 세계를 상상해보는 거야. 그런 것조차 잘 되지 않거나 별짓을 다 해도 힘이 들 땐 '아, 번거롭다. 번거로워'라고 타이핑을 했다가 누가 보기 전에 백스페이스키를 탁탁탁탁 눌렀다. 때문에 정원 씨는 전화도 사람도 없는 여기가 좋았다. 급하게 처리할 일이 있습니다, 거짓말하고 버려진 기계들 옆에서 우두커니 앉아 있으면 몸과 마음이 차분해졌다. 미지근한 피가 느리게 도는 이 평온. 정원 씨가 항상 원하고 바라는 상태였다.

문이 열렸다. 정원 씨는 뒤를 돌아봤다.

"어? 은성 씨."

문서가 가득 든 박스 두 개가 실린 손수레의 손잡이를

175

놓고 경영학과 조교는 손을 들어 인사했다.

"정원 씨. 안녕하세요."

"거의 다 끝났어요."

"아니에요. 천천히 하세요. 하나도 급하지 않아요."

은성 씨는 미디어 콘텐츠실을 돌아다니며 휴대전화로 사진을 찍었다. 키보다 높게 쌓인 키보드. 빨래처럼 뒤엉켜 있는 케이블과 마우스. 외관이 깨져 한쪽 구석에 처박혀 있는 레이저프린터까지. 그게 예쁜가요? 정원 씨가 손을 털며 물었고 은성 씨는 아니요, 라고 답했다. 이상했다. 파쇄기가 이렇게 시끄럽게 돌아가는데 은성 씨의 발소리, 숨소리가 들리다니.

"이렇게 파기할 문서가 많은데 왜 파쇄기는 한 대밖에 없는 거야."

정원 씨는 괜히 미안한 마음에 들릴락 말락 중얼거렸다.

"진짜 거의 다 끝났어요."

"진짜 천천히 하세요."

은성 씨는 키보드 하나를 들어 손바닥으로 탁탁 때렸다.
으, 먼지. 은성 씨가 팔로 코와 입을 가렸고 정원 씨는 숨을
멈췄다. 은성 씨는 파쇄기 옆 탁자에 걸터앉아 무릎에 키
보드를 놓고 자판을 두드렸다. 문예창작과라서 언제든 저
렇게 글을 쓰는 걸까? 속말을 입말로 옮기지는 않았다. 정
원 씨는 그저 은성 씨가 두드리는 키보드 소리에 고요히
귀를 기울일 뿐이었다.

"뭐라고 썼나요?"

"아무것도 안 써요. 심심해서 그냥 누르는 거예요."

은성 씨는 부끄러운 듯 키보드를 바닥에 내려놓았다.

"끝났어요. 이제 은성 씨 차례."

정원 씨는 경영학과 문서의 스테이플러 심을 뜯은 후 적
당한 양을 은성 씨에게 건넸다. 은성 씨는 한 장씩 파쇄기

에 집어넣었다. 정원 씨는 은성 씨가 혼자 하겠다고 말하지 않아 좋았다. 혼자 할게요. 도와주지 않으셔도 괜찮아요, 라고 말한다면 아니에요. 도와주고 싶어요, 라고 말할 수 없을 것 같았다. 하지만 정원 씨는 여기에 있고 싶었고 가급적이면 은성 씨를 도와주고 싶었다. 둘은 한동안 말없이 파쇄기에 한 장 한 장 문서를 집어넣었다. 손발이 잘 맞는 이인조처럼 둘의 움직임은 빠르고 부드러웠다. 은성 씨가 말했다.

"하루 종일 이것만 하면 좋겠어요."

"저도요."

은성 씨가 말했다.

"소가 없으면 구유는 깨끗하겠지만 소의 힘으로 얻는 것이 많도다."

무슨 말인가요, 라고 묻는 눈으로 정원 씨는 은성 씨를 쳐다봤다.

은성 씨는 들고 있는 종이를 탁자에 올리고 파쇄기의 전원 버튼을 눌렀다.

"너도 좀 쉬거라."

내내 시끄럽게 소리를 내던 기계가 멈췄다. 소리가 멈춘 공간에 소리보다 큰 고요가 파문처럼 둥글게 번져나갔다. 정원 씨는 갑작스럽게 조용해진 것이 조금 어색해져 헛기침을 했다. 은성 씨는 말했다.

"글 쓸 때. 글 쓰고 싶을 때. 하지만 아무 생각도 나지 않을 때. 습관처럼 써보는 거예요. 괜히 쓸 거 없으면 동해 물과 백두산이 마르고 닳도록, 타이핑해보는 것처럼요."

"일종의 아아, 마이크 테스트 같은?"

은성 씨는 그 표현이 딱인 것 같아 박수를 쳤다.

"맞아요. 딱 그 느낌이에요. 정원 씨는 그런 거 없어요? 작업하기 전에 워밍업 하는 거."

으음. 정원 씨는 잠깐 생각에 잠겼다.

"없는 것 같은데. 청소? 정리? 그런 걸 하나?"

"미대생들은 붓을 빨지 않나요? 그렇게 들은 거 같은데."

"전 조소 쪽이라. 그런데 소가 뭐라고요? 무슨 뜻이 있

나요?"

"특별한 뜻 없는데. 가나다라마바사 같은. 뭐, 그런 거
예요."

어? 정원 씨는 종이 한 장을 들었다. 은성 씨는 무심코
고개를 돌려 종이를 봤다. 아! 소리를 지르며 손을 뻗어 종
이를 빼앗으려 했다. 정원 씨는 재빨리 몸을 돌려 종이를
지켜냈다.

"이거 시 아닌가요? 은성 씨가 쓴?"

은성 씨는 얼굴을 붉히고 한숨을 내쉬며 작은 소리로 말
했다.

"아……. 주세요. 읽지 말아요."

둘은 하려던 일도 잊고 책상에 나란히 걸터앉아 창문 너
머를 봤다. 공대와 법대 사이를 비행기 한 대가 지나가고
있었다. 소리도 진동도 없이 희미한 크림 같은 구름이 비
행기가 지나간 자리에 피어나고 있었다.

"피곤하네요. 대학원 왜 왔지? 아침부터 저녁까지 이 생각만 해요."

둘 중 하나가 말했고 둘 중 하나가 답했다.

"나도요."

"주객이 전도됐다. 딱 그거예요. 조금만 더 해보자는 마음으로 대학원에 왔는데 팔자에도 없는 이런 일을 하고 있다니. 무슨 말인지도 모르는 문서를 만들고 있는데 더 웃긴 건 교수나 학생이나 나보다 더 모른다는 거예요. 도대체 다들 뭐 하고 사는지."

"저는 전화받는 거 돌 것 같아요. 화내고. 징징대고. 모른다고만 하고. 알아서 하라고만 하고."

"고생해봐야 결국 이렇게 파쇄기에 들어갈 일들만 하고 있네요."

"뻘짓이죠."

둘 중 하나가 웃었고 다른 하나가 따라 웃었다.

웃음소리가 끝나고 은성 씨가 중얼거렸다.

"그래도 내 할 일을 해야 하는데. 하려면 할 수도 있는데.

마음이 나지 않네요. 용기가 없는 건가⋯⋯. 소가 없으면 구유는 깨끗하겠지만 소의 힘으로 얻는 게 많도다. 잠언인데요. 주문 같은 거예요."

"무슨 뜻이죠?"

"말 그대로예요. 번거롭고 힘들어도 해야 한다는 거죠. 그것 때문에 얻는 것이 있으니까. 징징거리지 말자. 이런 뜻일 거예요."

정원 씨는 알겠다는 듯 모르겠다는 듯 천천히 고개를 끄덕이다가 물었다.

"조교 일이 소인가요? 아니면 시가 소인가요?"

은성 씨는 그것 참 모르겠다는 얼굴로 정원 씨를 빤히 쳐다봤다.

"글쎄요. 모르겠어요. 왜 어렵지?"

"둘 모두여도 말은 되네요."

"말은 되는데⋯⋯ 그래서는 안 될 것 같아요. 지금은 머리가 안 돌아가서 모르겠지만 아무튼 둘 다여서는 안 될 것 같아요. 그런데 시가 소라고 생각하니까 괜히 미안해요."

정원 씨는 두 손을 마주 잡은 채 혼잣말을 한 뒤 한참을 가만히 있었다. 말을 하면 마음에도 없는 이상한 위로를 할 것 같았고 무엇보다 지금 이 순간 은성 씨의 어깨를 조금이라도 도닥거려주고 싶었는데 그것도 자신이 원하는 것은 아니었다. 정원 씨는 시가 적힌 종이를 다시 집어 들었다.

"이거 읽어보고 싶어요. 진심으로요."

은성 씨는 입술을 다물고 한참 종이를 바라보다가 한 번 접고 또 한 번 접은 뒤 말했다.

"그럼 여기서 읽지 말고 나중에 다른 데서 읽어봐요."

정원 씨는 손바닥 크기로 접힌 종이를 소중하게 받아 들었다.

"그럼 그쪽도 그림 하나 그려주세요."

"전 못 그려요."

"미대생이라면서요."

"조소라고요."

정원 씨는 종이 한 장을 집어 들고 몸을 둥글게 웅크린 뒤 이렇게 저렇게 접기 시작했다. 그리고 손바닥에 올려 내밀었다.

우와! 은성 씨는 손뼉을 쳤다. 업적 평가 보고서가 근사한 물개로 변해 있었다.

"마술 같아요."

"자, 그럼. 우리. 소처럼 일을 해볼까요?"

은성 씨가 큭큭 소리를 내며 웃었다. 정원 씨는 방금 자신이 한 말이 적당한 것 같아 기분이 좋아졌다.

해피 엔딩

기억을 되짚어보자. 새벽이었고 맥주를 두 캔 마셨다. 울고 싶지 않다고 몇 페이지에 걸쳐 우는 소리를 하는 인물이 나오는 소설을 조금 읽었고 전개가 가로막힌 원고를 붙들고 있었다. 졸렸고, 읽기 싫고, 쓰기는 더 싫었지만, 관두고 잠들 수 없었다. 어떻게든 써야 했다. 글이란 게 원래 마음처럼 써지지 않는 거라지만 이번엔 기이할 정도로 안 써졌다. 뭘 써야 할지 생각이 안 나는 것은 아니다. 생각은 났지만 적절한 문장이 떠오르지 않는 것도 아니다. 괜찮은 아이디어도 있었고 이렇게 쓰면 되겠다, 라는 나름의 판단도 있었다. 하지만 실제로 타이핑을 하면 뜬금없는 단어로 이루어진 문장이 써졌다. 예상치 못한 장면이 떠오르거나 뜻밖의 문장을 만날 수 있지만 이건 그것과 다르다. 내 손이 아닌 것 같고 내 생각이 아닌 것 같다. 아니, 생각과 손이 따로 노는 것 같다. 그 기분을 뭐라고 해야 할까. 모르겠다. 막막하다. 피곤하다. 현기증이 느껴졌다. 어지럽고 속이 울렁거렸다. 눈을 감고 책상에 엎드려 이 진동이 지나가길 기다렸지만 흔들림은 멈추지 않았다. 침대로 기어갔다. 몰라. 그냥 자자. 자고 나면 내일 어떻게든 되겠지. 그러나 그것조차 쉽지 않았다. 닫고 있는 눈꺼풀 안쪽이 뜨거워졌고 눈물이 질질 흘렀으며 망할 어지럼증은 사라지지 않았다. 그냥 흔들리는 것이 아니라 회전하는 무엇인가가 정수리를 뚫고 들어오는 느낌이었다. 아니, 뭔가가 내 안의 커다란 나사를 돌려 빼내고 있었다. 뭐가 됐든 느껴본 적 없는 어지러움. 그러다 갑자기 기억이 툭, 끊어졌다. 잠든 것과는 다른. 누군가 완력으로 정신을 강제로 뜯어낸 것 같은.

"죽어."

무슨 소리? 잠에서 깼다. 눈은 떠지지 않고 팔다리는 움직이지 않았다. 느리게 뛰는 심장. 미지근한 피. 죽은 듯 누운 신경. 감각이 없다. 나에게 무슨 일이 일어나고 있는 걸까. 손가락을 어떻게 움직였더라. 눈꺼풀을 들어 올리는 방법은 뭐고, 침대에서 벗어나기 위해서는 무엇을 해야 하는 거지? 알고 있었는데, 고민 없이 그냥 되던 거였는데, 모르겠다. 여전히 꿈인 걸까? 가위에 눌렸나? 몸은 죽고 정신만 살아 있는 상태? 덧없는 육체 위에 홀로그램처럼 겹쳐 있는 유령 같은? 피곤하다. 생각. 그만하고 싶은데 생각 외에 할 수 있는 것이 없다. 희미하게 몸의 윤곽이 느껴지기 시작했다. 아직 들어 올릴 수 없지만 미약한 신경이 팔과 다리 밑에 눌려 꿈틀거리고 있었다. 아프다. 이상한 통증이구나. 몸의 도처에서 피어오르는 연기. 불꽃은 보이지 않지만 열기가 느껴진다. 몸 여기저기 숯불이 박혀 있다. 숨 쉴 때마다 불거지는 불쾌한 아픔. 아, 이 기분 뭐야. 끔찍하다.

진흙에 파묻힌 시간. 관 속에 누운 몸. 내가 여기에 갇혀 있다는 것을 아는 이가 없다. 이렇게 죽는 걸까? 음…….

죽는 거지 뭐. 생물은 결국 무생물이 되는 거니까. 피가 식고 심장이 멈추고 생각이 사라지면 사물이 되는 거. 알고 있잖아. 받아들이자. 죽음. 그래. 그날이 왔다.

눈이 떠졌다. 내 힘은 아니다. 무언가 내 몸을 만졌고 나는 다시 작동됐다. 탁상시계가 바닥에 넘어져 있다. 각기 다른 방향을 향한 세 개의 침. 시침은 5에, 분침은 45에, 초침은 24에 멈춰 있다. 마지막 시각은 새벽이었을까. 오후였을까. 어지럽다. 눈을 떠도 눈을 감아도 현기증이 느껴진다. 웅크린 채 바닥을 봤다. 동전 크기의 물 얼룩이 내 쪽으로 다가오고 있었다. 일어나자. 정신을 차리자. 축 늘어진 왼손을 봤다. 오랫동안 내 것이었던 손이 남의 것처럼 낯설었다. 긴장 없이 늘어진 다섯 개의 손가락. 움직여라. 움직여라. 그 순간 엄지가 꿈틀거렸다. 하, 웃음이 나왔다. 손가락 하나가 움직이자 얼었던 감각의 수면이 깨졌다. 됐다.

돌아왔다. 돌아왔어. 주먹을 천천히 쥐었다 펴며 팔목을 돌렸다. 호흡을 고르고 서서히 몸을 일으켰다. 어깨 위를 무거운 바위가 짓누르고 있는 것처럼 힘이 들었고 무릎은 불안하게 흔들렸다. 두려움과 흥분이 뒤섞인 묘한 기분에 휩싸여 거울을 봤다. 세상에. 몸의 모든 부분이 반토막씩 줄어 있었다. 키도 줄었고 팔도 짧았다. 허벅지도, 배도, 종아리도, 한 주먹씩 사라진 것 같았다. 갈비뼈가 피부에 드러나 보일 정도로 앙상해진 몸뚱이. 어려진 걸까? 아니. 반대다. 말라붙은 얼굴은 곧 죽을 노인처럼 보였다. 볼을 쓰다듬고 입을 벌려 소리를 내고 고개를 좌우로 흔들었다. 뺨을 때려봤다. 아, 통증. 꿈은 아니다. 꿈이 아니라고? 이게 꿈이 아니면 도대체 뭐란 말인가. 서 있을 힘이 없어 거실 바닥에 주저앉았다. 고개를 돌려 소파를 봤다. 어떤 남자가 앉아 있었다. 한숨이 절로 나왔다. 나. 미쳤구나. 망상. 환상. 아니면 몽유하는 병에 걸린 걸까? 내가 여기 있는데 저기에 앉은 내가 나를 쳐다보고 있다는 게 말이 되나? 나는 그를 모른 척하고 거실을 가로질러 걸어갔다. 당장이라도 쓰러질 것처럼 다리가 떨렸지만 그 앞에서 약한 모습을 보이고 싶지 않았기에 버텼다. 그는 시선을 바닥에 둔 채 가만히 있더니 짜증 섞인 목소리로 말했다.

"너는 왜. 아직도. 살아 있는 거지?"

그를 봤다. 당황스러웠다. 나와 똑같이 생긴 사람이 말을 걸고 있었다. 목소리도 흡사했고 표정도 비슷했다. 그는 불만이 가득한 얼굴로 중얼거렸다.

"이래서는 곤란하잖아. 계약위반이야."

그는 긴 여행을 하고 있는 여행자처럼 지쳐 보였다. 소파에 등을 기대고 왼손을 이마에 올린 채 무슨 말인지 알아들을 수 없는 말을 계속 중얼거리고 있었다. 나는 두려운 마음을 감추려 목소리를 꾹 누르며 물었다.

"누구세요?"

그는 실눈을 떠 나를 쳐다보고 다시 눈을 감았다. 그의 입술에 기분 나쁜 냉소가 걸려 있었다. 화가 났지만 지금 나는 언성을 높여 그를 나무랄 힘이 없었고 끌어낼 힘은 더더욱 없었다. 나중에 다시 이야기합시다, 속으로 말하고 방에 들어와 침대에 누웠다.

"일어나봐."

눈을 떴고 낭패감이 밀려들었다. 아직도. 여전히. 나를 닮은 그 사람. 팔짱을 끼고 성난 표정으로 나를 노려보고 있었다. 나는 본능적으로 방어 자세를 취하며 일어나려 했다. 비명을 지를 뻔했다. 뼈가 으스러진 듯 사지가 아팠다. 나는 어금니를 깨물고 몸을 일으켰다. 그는 질문인지 혼잣말인지 모를 말을 중얼거렸다.

"원래는 이렇게 서로 만날 일은 없어야 하잖아……."

그는 골똘한 표정으로 내 눈을 유심히 들여다보더니 침대에 걸터앉았다. 가까이 앉으라는 듯 손바닥으로 옆자리를 툭툭 두드렸다. 나는 이끌리듯 그의 옆에 앉았다.

"기억이 전혀 안 나는 거야? 하……. 아무것도 모르는 멍청한 표정을 보니까 속이 뒤집히네. 이해 못 하고 믿지 않겠지만 설명해줄게. 믿든 안 믿든 상관없어. 너는 곧 죽을 거야. 하지만 걱정 마. 내가 널 대신할 거니까."

그의 얼굴. 거울을 보고 있는 것 같다. 오래전 내 얼굴이다. 젊고 단단하고 오만했던 표정이 그에게 있다. 그는 기이한 이야기를 들려줬다. 요약하면 다음과 같다. 그와 나는 원래 쌍둥이였다. 약했던 엄마는 커져가는 배에 손을 얹고 두려움에 떨었다. 둘은 느꼈다. 한 배에서 함께 자랄 수 없는 상황이라는 것을. 둘 중 하나가 사라지지 않으면 둘 다, 아니 셋 다, 죽을 수도 있다는 것을. 그래서 약속했다. 하나의 몸으로 삶을 절반씩 나눠 쓰자고.

그는 이야기하는 동안 몇 번씩 나를 노려보며 증오심을 내비쳤다.

"시간이 흐를수록 위협은 다가오는데, 난 걱정스러워 죽겠는데, 이기적인 너는 엄마의 피와 양분을 쪽쪽 빨아대며 돼지처럼 몸만 불리고 있었어."

미친 녀석이다. 아니면 내가 미친 거겠지. 나는 내 집에 무단으로 침입한 나를 닮은 이 사람을 어떻게 몰아낼지 궁리했다. 하지만 마음 한구석에선 저자가 나를 대신한다는 것이 무슨 의미일까 생각했다. 초조하고 불안해졌다. 그는 침대에서 일어났다. 처음보다 한 뼘은 커진 것 같았다. 혈색도 좋아 보였다.

"그때는 몰랐겠지. 이렇게 시간이 흘러 약속을 지켜야 하는 순간이 올 줄. 흡수되었으니 내가 너의 먹이가 되었다고 생각했겠지만 아니야. 처음부터 우리는 다른 몸, 다른 마음, 다른 존재였으니까. 네 속에 스며들어 완전히 사라졌을 때도 나는 나인 채로 살아 있었어. 내가 화가 나는 건 약속을 이행하지 않고 네가 이렇게 살아 있다는 것. 무엇보다 내가 이어받게 될 삶을 이렇게 엉망으로 꾸려왔다는 것. 어디서부터 만져야 할지 계산이 안 나올 정도야."

그는 집 안 곳곳을 돌아다니며 내 물건에 손댔다. 함부로 책을 꺼내 펼쳤고 노트를 읽었다. 분노가 치밀었다. 함부로 만지는 것도 싫었지만 표정이 거슬렸다. 무시하는 듯한 눈빛과 비웃음이 서린 입술. 마음 같아서는 멱살을 잡고 문밖으로 끌어내고 싶었지만 침대를 벗어날 수 없을 정도로 몸은 망가지고 있었다. 시간이 갈수록 회복은커녕 악화되기만 했고 정신도 혼탁해졌다.

"꺼져."

소리쳤지만 목소리는 없었다. 그는 무표정한 얼굴로 달싹거리는 내 입술을 바라보다가 접시를 들고 가까이 다가왔다. 그는 아몬드를 씹으며 내 입술 쪽으로 귀를 기울였다. 나는 욕했다. 화냈다. 질문했고 마지막에는 애원했다. 그는 무슨 말인지 모르겠다는 듯 한숨을 내쉬며 고개를 저었다. 그의 입 속에서 부서지는 아몬드 소리가 신경을 긁었다. 그는 감정을 알 수 없는 눈으로 나를 깊숙하게 바라봤다. 두렵다. 어쩌면 그는 망상이 아닌 진짜일지도 모른다. 어쩌면 그는 진짜 나의 반쪽일 수도 있다. 어쩌면 그는 이미 나일지도 모른다. 어쩌면 나는……

그는 내 겨드랑이에 손을 집어넣어 일으켜 세웠다. 내 몸은 너무도 쉽게 움직였다. 그는 나를 바퀴가 달린 의자에 앉혀 거실로 데리고 나왔다. 오랜만에 보는 내 거실. 내

책. 내 책상. 내 노트. 내 컵. 그것들은 위치가 달라져 있었다. 책상에 놓인 물건이 달라졌고 노트가 펼쳐져 있었으며 책들은 바닥에 쌓여 있었다. 만지지 말라고 말하고 싶었지만 입술조차 움직이지 않았다. 그는 나를 의자에 젖은 수건처럼 걸쳐놓고 소파에 앉아 책을 읽었다. 연필을 들어 노트에 무엇인가를 적었다. 나는 눈동자를 양옆으로 굴리며 탑처럼 쌓여가는 책들을 바라봤다. 손만 뻗으면 닿을 수 있는 저 너머에 침입자가 앉아 있다. 내 의자에 앉아 내 책을 읽고 있다. 나를 휴지처럼 구겨 던져두고 뻔뻔하게 책을 읽고 있다. 저 눈을 찌르고 목을 비틀고 싶다. 아슬아슬하게 쌓여가던 책들이 중심을 잃고 쏟아졌다. 그는 심드렁한 얼굴로 널려 있는 책들을 밟고 부주의하게 돌아다니다가 의자에 앉았다. 그는 내 책에 밑줄을 긋는다. 아직 읽지도 않았던 새 책을 함부로 만지고 구기고 흔적을 남긴다. 내가 쓴 원고를 읽고 연필로 문장을 고치고 여백에 자신의 문장을 쓰고 있다. 나는 발악을 하며 팔다리에 힘을 줬다. 몸을 떠는 것 외에 할 수 있는 것은 없었다. 그러나 포기하지 않았다. 꿈틀거렸다. 계속, 계속, 계속, 실패, 반복, 다시 반복, 실패, 다시 반복. 내 몸이 의자에서 떨어졌다. 왼쪽 이마에 큰 충격과 함께 목과 어깨에 통증이 느껴졌다. 나는 바닥에 떨어진 책들 사이에 누워 그를 노려봤다. 그는 조금 놀란 표정을 짓고 책을 덮으며 의자에서 일어섰다. 그는 부드럽게 미소를 지으며 내 곁에 누웠다. 그리고 속삭였다.

"네가 왜 이렇게 멍청한지 이제 알겠어. 쓸모없는 책들만 읽어왔구나. 의미도 없는 문장에 밑줄을 긋고 뭐 대단하다고 책 끝을 저렇게 많이 접어놓는 거야."

그는 딱하다는 표정으로 고개를 저었다. 침을 뱉고 싶어 입술이 부들부들 떨렸다. 그는 묘한 눈으로 내 입술을 봤다. 그리고 검지로 아랫입술을 살살 만졌다.

"네가 쓴 것들도 한심해. 그동안 내가 수도 없이 말해줬잖아. 그건 아니라고. 이렇게 써야 한다고. 너는 내 도움으로 여기까지 와놓고 언젠가부터 내 생각과 의견을 무시한 채 지루하고 한심한 글만 써댔어. 쓰레기 같은 책을 출간

해놓고 보란 듯이 책장에 꽂아두고."

그는 길게 한숨을 내쉬었다. 그의 숨이 얼굴에 닿았지만 눈꺼풀은 감기지 않았다. 억울하고 원통해서 울고 있지만 눈동자는 돌멩이처럼 달라붙었다.

"나는 후회했어. 너에게 양보하는 게 아니었어. 이렇게 살 줄 알았다면 내가 너를 잡아먹었을 거야. 나는 너에 대해 다 알아. 평생 동안 봤고 들었고 느꼈지. 하찮은 도전과 별것 아닌 성과들. 절망과 실패. 더러운 욕망과 충동. 그때마다 겁쟁이처럼 주저하며 주저앉았던 것들까지 모두 알고 있어. 넌 겁이 많고 허약하고 우둔했지. 내게 물려준 이 모습을 봐. 그동안 나는 네 속에 갇혀서 속이 터지는 줄 알았다. 그래도 얼마나 다행이니. 지금부터는 제대로 살아보자. 사는 것도 쓰는 것도 훨씬 나아질 거야. 그러니까 어서 약속을 지켜. 계속 이러면 내가 널 죽일 수밖에 없잖아. 어차피 죽는 거 똑같다고 생각해? 아니야. 이제 바뀌는 거야. 네가 내 안으로 들어오는 거라고. 기회를 줬는데 끝까지 이러면 내가 너한테 잘해줄 수 있겠어? 빛도 소리도 없는 진창에 처박고 평생 꺼내주지 않을 거야. 그게 무슨 의미인지 너는 모르겠지만. 생각 잘해. 시간 얼마 남지 않았으니까."

아니. 나. 살고 싶지 않아. 하지만 죽을 힘 없고 방법도 몰라. 어쩌면 내 생명은 몸의 한계를 모두 사용한 뒤 연기처럼 꺼질 생각인가 봐. 내가 정말 그라면, 그가 정말 나라면, 내 생각을 알고 있겠지. 그렇다면 내 마음을 전할 수도 있겠지. 나는 말했다. '이제 죽을 거야. 따뜻한 물속에 들어가게 해줘. 마지막으로 온기를 느껴보고 싶어. 부탁할게.' 그가 고개를 돌려 나를 봤다. 고민이 되는 듯 눈살을 찌푸리며 약지로 왼쪽 눈썹을 긁었다. 그는 탁, 소리 나게 책을 덮은 뒤 화장실에 들어갔다. 욕조에 따뜻한 물을 받아 검지를 집어넣고 적당한 온도가 될 때까지 찬물을 섞었다. 그는 나를 가볍게 안아 뚜벅뚜벅 걸어가 조심스럽게 욕조에 집어넣었다. 따뜻하다. 부드러운 느낌에 얼어붙은 몸이 녹아내리는 것 같다. 좋았다. 만족스럽다. 됐다. 됐어. 지금

당장 죽어도 여한이 없다. 그는 왼손에는 빨간 사과를 오른 손에는 과도를 들고 욕조 옆에 앉았다. 그는 사과의 껍질을 얇게 벗겨낸 후 한 입 크기로 잘라 입에 넣고 우물우물 씹었다. 상큼한 사과 향이 욕실에 퍼졌다. 마음이 누그러들었다. 그는 나쁜 사람이 아니었구나. 그의 말이 맞는다면 그는 나니까 내게 잘해줄 것이다. 정말로 나보다 내 삶을 더 잘 꾸려나갈 것이다. 글도 훨씬 잘 쓰겠지. 그동안 모른 척했지만 사실 나는 알고 있었다. 내 안에 새로움은 하나도 없고 내 문장은 누구의 흥미도 끌지 못하리라는 것을. 내내 비참했고 서글펐다. 그걸 알면서도 포기 못 했고 욕심을 버리지 못했다. 내 마음을 알았던 걸까? 그는 사과한 조각을 잘라 내밀었다. 침이 고였다. 나는 순한 개처럼 행복한 눈으로 그의 왼손을 봤다. 움직인 건 그의 오른 손이었다. 어? 목이 뜨겁다. 이윽고 한 번도 느껴보지 못한 종류의 통증. 그는 아무 일도 없었다는 듯 내 목에서 과도를 빼냈다. 그리고 가볍게 물로 두어 번 헹군 뒤 일어섰다.

"생각이 바뀌었어."

물이 미지근해지고 있다. 탁하게 변하는 적갈색 물이 비루한 육체를 가려준다. 이불을 덮고 있는 것 같다. 붉은 모래에 파묻혀 있는 것 같다. 열린 문틈으로 찬바람이 들어오고 있다. 궁금하다. 내 문장을 어떻게 고쳤을까? 막혔던 이야기의 다음 장면을 어떻게 이었을까? 우습다. 내가 쓴 어떤 소설도 내가 겪은 것보다 이상하지 않았다. 이게 이야기였다면 나는 말이 안 된다며 이렇게 쓰지 않았겠지. 소설을 쓰기 어려운 게 바로 그거야. 아무리 노력해도 괴상한 삶을 따라잡을 수가 없거든. 그 어떤 끔찍한 상상을 해도 현실은 그것보다 끔찍하니까. 내 몸을 뺏은 나도 그걸 곧 느끼겠지. 느껴봐라. 흡수된 내가 피와 땀이 되어 실컷 비웃어줄 테니까. 웃음이 나온다. 웃음이 나와. 얼마 만의 해피 엔딩인가.

뮤트

그들은 편의점 테이블에 앉아 있었다. 새벽 4시 반. 취한 자도 우는 자도 집으로 돌아가는 시간. 지인은 팔 위에 고개를 얹고 거의 감긴 눈을 힘겹게 깜박였다. 기진은 자신의 무릎 위에 앉은 루키의 머리를 쓰다듬었다. 기진이 잠긴 음성으로 말했다. 그만 들어가. 지인은 잠이 묻은 목소리로 답했다. 너나 들어가. 벌써 30분째 반복되는 장면. 루키는 이따금 작고 까만 눈을 들어 둘을 번갈아 쳐다봤다. 그러다 갑자기 지인이 벌떡 일어섰고 기진의 무릎 위의 루키도 일어났다.

휘청휘청 걷는 지인의 뒤를 기진이 따라갔다. 그 일정한 간격 사이를 루키가 오고 갔다. 계단 하나 오르고 주저앉고 계단 둘 오르고 잠깐 울고 계단 셋을 오르다 넘어질 뻔한 지인. 겨우 도착한 현관 앞에서 바다에 떨어진 옷처럼 허물어지고 말았다. 루키가 안간힘을 다해 벽에 부딪히려는 지인의 어깨에 몸을 비볐다. 지인과 루키의 등 뒤를 비추던 센서 등이 꺼지고 현관에 몸을 기대고 정물처럼 앉은 두 개의 그림자는 더 어두워졌다. 기진이 도어록에 손을 댔다. 비밀번호를 잊었지만 손끝이 기억하는 패턴. 문이 열렸다. 기진은 놀랐고 헛웃음이 났고 이윽고 슬퍼졌다.

광고 회사에서 인턴 일을 시작하기로 한 기진은 자신을 '재능 없는 가수'라고 소개했다. 노래 한번 들어봅시다, 라는 요청에 괜히 재능 없는 게 아닙니다, 라고 거절하며 자조 섞인 웃음을 지었다. 미안해. 더는 노래하지 않을 거야. 기진은 기타를 케이스에 넣고 지퍼를 올렸다. 지인은 케이스에서 기타를 꺼내 기진에게 건넸다. 기진은 지인의 손을 뿌리쳤고 기타는 바닥에 떨어졌다. 둘은 상판이 갈라진 기타를 바라보며 서로 아무 말도 하지 않았다.

기진은 홍대 지하실에 위치한 소규모 인디 클럽에서 오디션을 보고 어쩌다 공연에 올라 열 명도 되지 않는 관객들 앞에서 노래를 불렀다. 어떤 관객도 관심 갖지 않는 기진의 노래에 마음을 뺏긴 한 명의 사람이 지인이었다. 낙담한 얼굴로 물을 마시는 기진의 곁에 지인은 다가가 마음 다해 감상을 전했고 팬이 되고 싶다고 했다. 둘은 연인이 됐다. 함께 가사를 쓰고 멜로디를 만들어 가장 먼저 들려주고 들어주는 사이가 됐다. 기진의 시추 루키는 어느 순간부터 기진보다 지인을 더 좋아했고 둘은 함께 살기로 했다.

이게 다 루키 때문이야.

누가 뭐래.

기진은 힘들게 음반을 냈다. 첫 달엔 담배 한 갑 살 정도의 수입이 생겼다. 부쩍 말수가 줄어든 기진에게 열혈 팬 지인은 다음 달엔 소고기를 먹을 수 있을 거야, 파이팅을 외쳤다. 하지만 다음 달엔 수입이 더 줄었다. 기진은 더 이상 멜로디를 만들지 않았고 지인이 쓴 가사를 읽으려 하지 않았다. 루키는 둘 사이에 외로운 섬처럼 주저앉아 잠들곤 했다.

그래서 헤어진 건 아니지만 그래서 헤어져야 한다고 생각했다.

지인은 작은 콧소리를 내며 깊이 잠들었고 기진은 벽에 등을 기대고 앉아 피곤한 눈으로 지인의 방을 둘러봤다. 1미터도 떨어지지 않은 곳에 지인이 있다는 사실에 기진의 손끝이 저렸다. 루키가 기진의 손을 핥았다. 따뜻한 혀가 기진의 마음속으로 쑥 들어오는 것 같아 하마터면 울 뻔했다. 계절 다섯 개가 흘렀는데 지인의 방은 똑같았다. 하늘색 커튼과 보라색 이불, 책장의 책들과 무늬 없는 접시, 냄

새와 분위기, 깜깜한 우주를 유영하는 우주선의 화면보호
기까지 마지막 그날과 똑같았다.

루키 데려가.
루키는 널 더 좋아했잖아.
데려가. 더 키울 수 없어.
무슨 일 있어?
데려가.

지인은 웅크리고 누워 몸을 떨었다. 추위를 느끼고 나무
속으로 파고드는 설치류처럼 필사적으로 보였다. 하필 나
같은 걸 만나서. 기진은 바닥에 떨어진 이불을 들어 지인
에게 덮어줬다. 고요한 방 한가운데 서서 지인을 바라봤다.
용서받을 수 없는 실수들이 생각났다. 실망과 절망. 그것
을 감추기 위해 못된 말을 하고 나쁘게 행동했다. 루키는
책상 위에 있었다. 루키야. 가자. 루키는 눈을 뜨지 않았다.
루키를 안으려고 팔을 뻗었는데 루키는 기진의 손을 거부

하고 책장이 있는 책상 안쪽으로 파고들었다. 그때 마우스
가 움직였고 화면보호기가 사라졌다.

기진은 멍하게 노트북 화면을 바라보다기 다리에 힘이
풀려 의자에 앉았다. 뮤트된 노트북에서 기진의 첫 번째
앨범 전곡이 반복 재생 되고 있었다. 기진은 호주머니에서
이어폰을 꺼내 노트북에 꽂고 뮤트를 해제했다. 일 년 만
에 듣는 자신의 타이틀곡을 3분 47초 동안 처음부터 끝까
지 들었다. 가사에 나오는 커튼과 베개, 포스트잇과 연필
다 지인의 방에 있는 것들이다. 기진은 책상에 엎드렸다.
새벽 6시. 창밖은 벌써 하얗다. 도저히 일어날 힘이 없었
다. 루키야 오늘은 너를 데리고 갈 수 없을 것 같아.

루키는 고요한 방을 느리게 돌아다녔다. 침대에 잠든 지
인의 곁에 조금 있다가 책상에 엎드려 잠든 기진 곁에서도
조금 있었다. 루키는 잠든 둘을 번갈아 바라보다 잠시 생
각에 잠겼다. 루키는 생각을 그만두고 물그릇에 담긴 맑은

물을 마신 뒤 지인과 기진 둘 사이 어디쯤에 앉아 눈을 감았다. 꿈을 꾸었고 꿈에서 지인과 기진 모두를 만났다. 반가웠으나 짖지 않았다. 꿈이라는 것을 알았고 희미하게 들리는 기진의 노래가 듣기 좋았기 때문이다.